滄海叢刊

燈下燈

蕭蕭著

1980

東大圖書公司印行

行政院新聞局登記證局版臺業字第○一九七號

中華民國六十九年四月初版

燈下燈

基本定價叁元叁角叁分

著作者 蕭蕭
發行人 莊剛彰
出版者 東大圖書有限公司
總經銷 三民書局股份有限公司
印刷所 東大圖書有限公司
臺北市重慶南路一段六十一號二樓
郵政劃撥一○七一七五號

燈下燈 目次

中國現代詩評鑑專集

附錄

論詩誠於心

詩的創作是否臻於它應達及的峯嶺，端視一個「誠」字而已。

中庸上說：「至誠如神」，詩是將人提昇到神的境界的一種心路歷程，「至誠如神」，如者，往也，唯有至誠才能通往神的境界，所以荀子不苟篇說：「誠信生神」，詩就需要絕對的「誠」，然後才能「如神」。退一步言，將「至誠如神」的如字解釋爲「似」字，在荀子不苟篇也有可以舉證的見解：「誠心守仁則形，形則神，神則能化矣！」對於詩的境界，我們所要求的也就是這種「神而能化」的境界，而要達到此種境界，則非誠莫能由。

就這點，我們可以分爲三層來研析：

首先我們討論：詩因何要「如神」。神的境界是一種無所不能的境界，無所不能包括外在的形體不受囿限，及內在的神思得以蛻化。形體不受囿限，所以能飃洒自如；神思得以蛻化，所以能「得意而忘形」。一首絕妙的詩作雖然是駕馭純熟的語言以求至於佳境，但語言終究是一種渡船，能渡人而不能自渡，詩人營造渡船，讓讀者與詩人共享彼岸的佳境，讀者所要取的便是「得其意而忘其形」，如果只是逗留於語字之間而無法幻化，無法成胎，則詩思淤滯，詩思淤滯則讀者無所得，因此，詩要「如神」，一則是爲了詩語言的熟巧，如有神助那樣，將詩思烘襯飛揚，二則是爲了使得詩思能夠出神入化，蘊具高度的空靈，也就是古人所常討論到的詩的虛境和禪境。這裏我們先舉王維的「鹿砦」爲例：

空山不見人
但聞人語響
返景入深林
復照青苔上

此詩著墨不多。首句言空山，言不見人，仍然使讀者拘泥於語意，到了次句「但聞人語響」，不僅使前句的存在獲得有力的支持，而且更見出空山的靜寂，因爲先言空山不見人，而後言聞得人語響，才能感覺此種人語的悠忽，而非三朋五友的吆喝，同時由於在這深山之中竟能聞得遠處的人語，更可省視深山的闃無聲息。到了第三句，又將人抽離，從旁靜觀，隨意佈舒，言「返景入深林，復照青苔上」，抒出大自然的幽雅自得，這同時正是詩人自我的寫照，這兩句借「光」來寫「聲」，頗得其趣，侵入深林的是日落西山時的返影，不是正午刺目的陽光，而且廻光在青苔上復照，更非直射逼人，利用這樣的光影繪出心境的無聲，這便是詩的「神來」之筆，而最重要的是此詩所要提供的詩境具有神境一般的自在自如。詩的成就如何與其近神的程度如何成正比，越是「如神」的詩，其成就越大，所以，好詩需要如神，由以上所引述的絕句我們大抵可以首肯這點。卽使到了今天，人的心境更爲煩雜和機械化，但是對詩本質的認識與要求仍然不變，不管詩外形的變幻如何無常，詩必須不染一塵，遨遊在語字之外，奔向神！

基此，接着我們要剖視「至誠」如何「如神」。關於這點，借重「中庸」的見解是勢所不免的，中庸原是小戴禮記中的一篇，是儒家論性論道與論誠的眞髓所在，但儒家所重的是人生哲學的要義，此處則基於詩學的需要而引述。

中庸說：「誠者，天之道也，誠之者，人之道也，誠者不勉而中，不思而得，從容中道，聖人也，誠之者，擇善而固執之者也。」朱注：「誠者，眞實無妄之謂，天理之本然也；誠之者，未能眞實無妄，而欲其眞實無妄之謂，人事之當然也。」

我們以爲「誠者」和「誠之者」兩兩具備於人心之中，也就是說，此處所指的「誠」字一方面不待外求而然，一方面則需外求而然，天理本然則不外求，人事當然則求之。所以，「不勉而中，不思而得，從容中道」，是天之道，已經近乎神。「擇善固執」，是人之道，是一種外修的功夫，擇其善者而固執之，終必達及「神」的境界。

中庸接下去剛好有一段話將「誠者」和「誠之者」分開解說，而終言其必能「如神」。中庸說：「唯天下至誠，爲能盡其性，能盡其性，則能盡人之性，能盡人之性，則能盡物之性，能盡物之性，則可以贊天地之化育，可以贊天地之化育，則可與天地參矣。」「其次致曲，曲能有誠，誠則形，形則著，著則明，明則動，動則變，變則化，唯天下至誠爲能化。」所謂「能盡其性」即「誠者」，所謂「致曲」即「誠之者」，兩者殊塗而同歸向「神」，神，也就是「與天地參矣」，也就是「能化」，所以「至誠如神」。但這裏的「如神」並非中庸原來所指的「至誠之道，可以前知」的「神」，前面已有所述明。

言「至誠」，便有「行」的意思，即使是「能盡其性」的誠者也必須能「盡」其性而後才能「盡」人之性，「盡」物之性，也就是說，誠者先具有「能盡其性」的「能」，「能盡人之性」的「能」，也終須做到一個「盡」字，才可與天地參矣。是以「不勉而中，不思而得，從容中道」，也重在一個「中」字一個「得」字，不求中不求得，則「誠」便無意義，因此中庸又說：「至誠無息」，無息就是言其運行不息，「不息則久，久則徵，徵則悠遠，悠遠則博厚，博厚則高明；博厚所以載物也，高明所以覆物也，悠久所以成物也；博厚配地，高明配天，悠久無疆。」可知「至誠」的一個屬性即是「無息」，能長久不息的誠，才是眞誠，才是至誠，能長久不息才能悠久，博厚，高明，而一首詩要求的「廣度」「深度」「永久性」也正由此而得。

最後我們來探究：詩究竟需誠於何物。

我們以爲詩需三誠，一要誠於心，二要誠於天，三要誠於人，三者不得有所偏重。

先言詩誠於心。禪宗五祖曾言：「不識本心，學法無益。」孟子也以爲「學問之道無他，求其放心而已。」都是將心視爲一切法識、學問的根本，不識本心，或者放失其心，皆不能求得。慧能悟金剛經「應無所住而生其心」時曾言：

一切萬法，不離自性，何期自性，本自清淨，
何期自性，本不生滅，何期自性，本自具足，
何期自性，本無動搖，何期自性，能生萬法。

孟子說：「萬物皆備於我矣！」皆備於我，亦卽是「一切萬法，不離自性」。到了明朝理學家湛若水（號甘泉），對於心的看法更爲透澈，他著有「心性圖說」：「曰何以小圈？曰心無所不貫也。曰何以大圈？曰心無所不包也。包與貫，實非二也，故心者，包乎天地之外，而貫乎天地萬物之中者也。中外非二也，天地無內外，心亦無內外，極言之耳矣！」

萬法萬物，不離吾人之心，爲吾人之心所包所貫，因之，只要守於方寸之間，則不難以一心觀萬物，以一心識萬法，所謂牽一髮而可以動全身，正是如此。而詩乃是以微知顯，以有限寓無限，以已知涵未知，如是，從玄學上來說，詩應誠於心，詩與心相結合而可以觀萬物，識萬法，更進一步，跟宇宙精神相往來。詩由於跟心相通聲息，可以包乎天地之外，貫乎萬物之中，同時能够自清淨，不生滅，自具足，不動搖，生萬法，而爲最上乘的詩，展佈如神的境界。

但是，詩是由詩人創造出來，詩要誠於心，亦卽是詩人要誠於心，那麼這個「心」便不至於玄妙無可追索。古來論者總以爲「詩言志，歌永言」（尙書舜典），這個「志」實質上就是心之活動的歷程紀錄，大抵包括怦然而動的情覺，南針在抱的意願，以及千廻百轉的思維，這些顯然可以理解或感覺體悟得出，所以詩可以「言志」。

詩言志，因此詩不是情緒的表徵，不是哲學理念的附庸，更非心願的祈求者，同時也非混合以上的情緒、哲理和心願而可以給予綜合表達的。因爲志是心意活動的歷程紀錄，心的活動細密而複雜，如何表現這種微妙的活動，已經不是易事，若是要爲總體表現，其難則不僅是難如上青天。基此可知，只做情緒、理念或心願的單方面的表達，並不是詩，卽使是綜合了這些心的活動，也不一定可以爲詩，問題就在於「言志」的「言」——「總體表現」這四個字上面，以下我們僅就「志」來論述：

心之活動爲「志」，亦卽是，心爲志的發動之始，一切人身有關的活動，不論其爲內在的或爲外發的，總由心爲之主宰，荀子解蔽篇曰：「心者，形之君也，神明之主也。」而志爲心的活動的歷程紀錄，因此可以說：志亦卽心。

此處的心當指主司「志」的發動的唯一眞宰，心未可得而見，但循志可以求心。志，大別之可分爲「情志」「思志」與「意志」，其中以「意志」較能含括志的所有意義，但也不能代表志，「意志」可以說就是介於情覺與思維的心之活動，由情覺而生「意」，緣思維而有「願」，愛之欲其生，惡之欲其死，就是由情覺而有的意志，自反而縮，雖千萬人吾往矣，就是因思維而有的意願。亦卽是這種意志引詩走向詩所應達及的峯嶺。以杜甫的「春望」爲例：

國破山河在，城春草木深；
感時花濺淚，恨別鳥驚心。
烽火連三月，家書抵萬金；
白頭搔更短，渾欲不勝簪。

「春望」作於肅宗至德元年，時杜甫由鄜州（在今陝西）前往靈武（在今甘肅），欲投奔初卽位的肅宗，中途爲胡人所虜，而有是作。

「春望」的每一句詩都可以見出詩人的「意志」，一句詩有一句詩的意願，整首詩又有整首詩的意願，以最後兩句來說，「白頭搔更短」，由於憂國，感時，恨別，思親，頭不能不爲之白，頭白還好，更糟的是：憂愁無措時不能不搔頭，白髮愈搔而愈短，這一句一方面總結而且加強了前面六句的撼人力量，一方面引出下一句「渾欲不勝簪」，渾欲不勝簪，則更表現了頭髮的短而稀疏，內心的愁痛也因之被提舉得無法再置一喙。

所以，「意志」的推舉是一種定向的發展，有人稱五律爲「四十賢人」，言其一字一賢人，這四十賢人共同推湧著詩的指標，而給予指標的便是此處言及的「意志」，意志推舉定向的發展，但定向發展並非單線發展，因為一字一賢人，每一字在詩中都有它特出的地位，都扮演重要的角色，一句詩的意願也就由著這些個不同的語字簇湧而成，如「國破山河在」，一為抽象的國，另一為具實的山河；一為破，另一為在；它們所要造就的意願卻不因語字的相反而亂了方向。

「意志」可以說就是詩人清醒的證明，意志所面對的方向不同，因而造就了詩人不同的風格，也令詩有不同的體裁和內容。但意志所以推舉定向，並非一定是詩人自覺的能力，詩人妥慎地選擇用字，意志在他體內推湧著，有時是不自覺的，直到成篇時，如王維的「空山不見人，但聞人語響，返景入深林，復照青苔上。」可能在寫作的當初並不自覺要造就禪境，僅就目前的情景而寫，亦卽是：一方面自覺的意志在做著定向的發展，一方面不自覺的另一意志也在做著另一定向的發展，詩人專心營造他的世界，而詩的境界有時突破這層而存在，但是如果沒有詩人誠於心的這層境界，則更高一層的詩的境界也就無法基此而有。

前面曾言：意志不能代表「志」，因為「志」還包含情覺和思維，意志只是介於二者之間的一種心的活動而已，意志促使詩具有自己的「理路」，而情覺和思維則豐富詩的理路。例如「感時花濺淚，恨別鳥驚心」便是情覺的豐富所造致，「烽火連三月，家書抵萬金」則為思維運轉的結果，這樣的情覺和思維方是一個詩人所要致誠的對象。情覺和思維，大抵取之不竭，用之不盡，尤以「思維」為然，思維乃經後天之學而益臻縝密，甚至於可以豐富或糾正原有的情覺，使心的活動達到盡善盡美的境地。

我們說：志是心的活動的歷程紀錄，不論是情志、思志、意志，都由心爲之主宰，詩要誠於心的「心」卽是指此而言。討論至此，我們必會發現兩個問題：一是人性善惡未有定論，詩要誠於「心」，如果這個心是惡的，那麼是否仍然致誠於它？二是詩要誠於心，這個「致誠」者其實也就是「心」，以心誠於心，我們的看法如何？

就心性的善惡來言，我們不以爲這足於構成第一個問題，因爲荀子說：「人之性惡，其善者僞也。」又言：「今人之性……生而有『疾惡』焉，『順是』故殘賊生，而忠信亡焉。」（性惡篇），荀子並不以爲人心全惡，不可救藥，他甚至以爲人之性生而有「疾惡」焉，能够「疾惡」便是一點「善心」，可以爲善矣，但是若使「疾惡」之心過甚（所謂「順是」卽「過甚」之意，本篇「順是」皆放此），便導致一種「惡」之所由生，所以「好利」「疾惡」「好聲色」，其實都不是本性之惡（論語：「食色性也」可證），所以成爲惡，就因爲放縱過度而引發，荀子說「善者爲也」，只要能及時控制，不「順是」而行，則可以爲善。更進一步言，荀子的意思正近乎「性相近，習相遠」的說法。那麼，詩誠於心的這個「誠」字，便負起了另一種任務，這個「誠」不是「模擬」，不是「表達」，而是「表現」，要「表現」之前必得有所辨識，能够澈底加以辨識，才是眞正「誠於心」，不誠於心的話，必然敷衍，而無法「辨識」，更不能「表現」。

至於說到「以心誠於心」這個問題，初看似乎涉及邏輯辯證方面的問題，但是只要理解兩個「心」字所指稱的範圍，以及更進一步了解「誠」字的意義，便能釋然。

我們以爲詩所要致誠的「心」，其實正是詩人一己的攏總活動，所謂「包乎天地之外，貫乎天地萬物之中者也」，錢氏「談藝錄」二五〇頁引高忠憲公困學記云：「心不專在方寸，渾身是心。」又引朱子答楊子直書云：「身心內外，初無間隔，所謂心者，固在於內，而凡視聽言動之見於外者，亦卽此心之用，而未嘗離也。」詩要誠於「心」便是指著非具實的這種身心融貫的「心」，可以由「志」而求得，換句話說，卽詩人的宇宙觀、人生觀與藝術觀的一種綜合顯現。而所謂「致誠」的「心」——使得詩能誠於心的那顆心，也就是通常我們所說的「修心養性」的心，這個心專指著道德修養方面的成就，亦可以爲前面再三言及的「至誠」。所以「以心誠於心」的兩個「心」字的內涵其實並不相同，而我們卻因此更明曉誠於「心」的眞正意義。同時，我們又發現「誠」並不止於上面所說的「表現」之義，更有一種「誠心」的謙恭意味，這兩點我們留待以後討論「詩言志」的「言」時一併詳爲研究。

民國六十年一月寫於拇指山下

原載「龍族詩刊」第一號（六十、三、三）

花和劍的風味

——談陳芳明

陳芳明是一個眞正懂詩愛詩的人，但是即使到了今天，他的詩多少飄出了「花和劍的風味」，他仍然不承認他就是詩人。他的否認源於他對詩的眞誠和敬重。

據說，陳芳明之所以接近現代詩，是因爲受到我的激勵，實則，我從他那裡學到的「踏實要求」一直使我受益不少。最重要的，陳芳明認爲：他一開始就接近余光中的詩，所以他才能在平實中薰陶自己。他說：如果剛開始，他就閱讀創世紀詩刋的話，很可能因爲無法讀懂其中的詩作而退縮。陳芳明一直反對詩的晦澀，他曾經指著「七十年代詩選」的目錄算給我看，至少有三分之二以上的詩人可以列入晦澀之林，因此，他極力推動詩的大衆化，他認爲晦澀的詩是大衆化的最大絆脚石。

那麼，何謂大衆化？

陳芳明有一個這樣的標準：具備某種智識水準（譬如高中、大學）而想看詩的人，他能夠看懂的詩，就是大眾化的詩。他不認爲大眾化是指著「老嫗能解」，有些人以爲大眾化就是要那些販夫走卒也能領會現代詩，因此，反對大眾化。陳芳明指出：現代詩不能孤芳自賞，既然寫出來，就要別人能夠看得懂，能夠讓人進入詩中的世界，所以，詩人應該有義務邀請那些想進入他詩中的人。認爲大眾化就是要販夫走卒也領會現代詩，是故意加以曲解的一種遁辭。他說：詩人和時代是不能脫節的，不僅僅是詩人寫詩給人看而已，事實上，同時代的人們也要求看一些關心他們的詩，文學的發展就是依賴雙方的交通才能進行。有些詩人動不動就說，讓時間去裁決吧！同時代的人看不懂的詩，難道幾百年後的人就能看懂嗎？不可能！有些詩人確實是在死後多年才揚名，譬如最近風靡的寒山子，但這只說明寒山的詩想跟目前的嬉皮有某些相合之處（嬉皮思想的正確與否是另外一個問題），並不能說他的詩當時晦澀，而在今日才讓人看懂。基於是，陳芳明極力主張詩要大眾化，詩的大眾化並不妨礙詩的價值和地位。

由於贊成詩要大眾化，陳芳明對於解說詩的工作也積極進行，可以讓讀者見到的行動之一，是他的每篇評論文字，必定是解說了這首詩以後才加以討論，其次在日常生活中，他周圍的同學、朋友、親人，往往成爲他解說的對象，只要你對詩表示一點興趣，或者跟他討論著某些詩觀，毫無疑問的，他會隨著手邊資料的方便，爲你解說詩。陳芳明解說詩，跟司空圖詩品一樣，不主一格，由著詩人的詩境逐層展開，常常有出人意外的見解給你。

陳芳明善於辯說，口才敏捷，文筆犀利，對於那些錯謬的觀點，莫知所云的詩評論，往往給予當頭棒喝。私底下，他跟我碰頭時，每次都有爭辯不完的論題，經由這樣的辯論而逐漸修正自己的詩觀，他以爲，這樣的辯論並不因爲見解的差異而壞了友誼，反而成長了雙方。據說，年青一輩的寫詩朋友中，林鋒雄與陳明臺也是見面就鬪，而感情越來越深厚的一對。陳芳明的個性應該算是爽朗的，他的笑聲又勤又大，一句小小的笑話一段短短的卡通，都能使他樂不可支，他承認在冷與熱之間，他是趨向於熱而爲積極表現的人，從最近的幾篇文章，可以見出他的敢於作爲。

在學校中他學的是歷史，畢業於輔大後，目前在臺大歷史研究所攻讀宋史，那麼，詩與歷史之間是否有著什麼樣的干預？

他認爲，他學歷史時不曾想到詩，想詩時也不會涉及歷史，所以在他的評論文字中，我們找不出從史學觀點來看現代詩的論點。他說，他曾經想過寫一首「張騫通西域」這樣的史詩，但是終究不曾下筆，因爲史實隔我們太遠，不能醞釀那種感動，在他的觀念中，詩是經由感動而產生的，必須自己先被題材感動了，然後才能寫出感動別人的詩。當然，並非感動就可以成詩，他說，有一次在愛國西路看見落日景象，印象非常深刻，但久久無法成詩，他相信有很多人也受過這種煎熬。問他爲什麼寫詩時，他說他不一定能說出一個理由，但大體上是外界的景象，事件，進入心中，釀成一股巨大的衝撞力量，不能不寫出來。陳芳明最後承認，寫詩給他的最大幫助，是寫作歷史論文時有比較純熟的駕馭文字能力。

提到目前的現代詩壇，他認爲大家普遍缺少「敬業」的心理，往往自以爲是，認爲自己才是詩壇的盟主，因此所有的紛爭都由此處引起。他說，這種紛爭是沒有意義的，不如大家冷靜下來，客觀地討論問題，尤其是，年青的朋友對於上一代的詩人更應該保持「尊敬」的心情，不論他們成就如何，我們尊敬他是尊敬他以往的奮鬪過程，當然，陳芳明並不認爲，尊敬的意義在於言聽計從，也就是說，在態度上尊敬，但在觀念上仍然需要執著於眞的一面，好的詩，給予好評，不好的詩不好的論，給予客觀的批判，不做謾罵式的人身攻擊。他相信這才是眞正的尊敬上一代的詩人，也就是敬業精神的眞正表現。

陳芳明對於余光中的作品，有著比較濃厚的興趣，同時我個人目前正在撰寫中國某位現代詩人的專論，因此非常希望他也能對余光中的創作生命作有系統的研究，這一問題，我們曾在前些時候討論過，三月八日的專程訪問，我又提出，他表示接受此一建議，並且在三月二十四日的電話中說他已開始撰述，內容將分爲兩大部份，第一部份是按照余光中詩集的出版順序，由後往前分析論述，第二部份則爲總論，透過余光中的詩作探討他的生命、靈魂。這樣不避任何「嫌疑」，對於同時代的詩人做有系統的「個案研究」，無非是爲了在紛爭不已的詩壇眞正做些實際工作，略盡棉薄而已。我們期待陳芳明的「余光中研究」早日達於完成，同時，也慶幸由於這次訪問而催生這件有意義的工作。

除了余光中之外，陳芳明對於葉珊的詩也頗爲欣賞，在陳芳明的詩中，可以隱約發現到一些葉珊的影子：

茶道之後
白瓷杯底殘留著清香
就像你去夏匆匆消失的初戀
你開始懷念故鄉的
松樹和俳句

——節自陳芳明「京都女子」

這種相近是因爲題材方面的類似，陳芳明的某些詩作，如「無語的土壤」，「流聲」等詩，則又開展出他自己的面貌，可以說就是「花和劍的風味」，花，指著語言的清逸秀麗，劍，指著詩思的挺拔勁健，以「流聲」的最後一節爲例：

裊裊的煙火
暗示一截輝煌的歷史
在香客的忘恩中
流轉爲一條苦藤
無情鞭笞廟前的龍柱

我們發覺：陳芳明的詩，往往有著出人意表的發展，也就是說一種似眞又幻的情境的推展。如「裊裊的煙火，暗示一截輝煌的歷史」，「一截」顯然是由實物的「香」所引出，就因爲有這麼「一截」才將「煙火」跟「歷史」拉上，但在「裊裊」與「輝煌」之間，彷彿又存著一段有趣的矛盾情境，接著本該是香客的虔誠，他卻故意說成「忘恩」，一筆抹煞香客的心境，實在是爲了嘲諷式的發展。接下去的兩句是「無情的鞭笞」，靜中見動，都是突來而突出，似眞又似幻的情境。就這點而言，陳芳明未開發的詩土，必定廣袤而深厚。

做爲一個知識份子，做爲知識份子中寫詩的人，陳芳明比任何其他純粹的詩人更勇於關心國是，也許這跟他的本行——歷史有關，他懂得如何把握歷史意識去鑑察人生，他具備廣博的對人生的熱愛。我們期待這麼一天：每個提及陳芳明和他的詩的人，都擊掌而說：

果然是
花和劍的風味

民國六十一年三月寫於拇指山下
原載「龍族詩刊」第六號

開竅的故事

詩本來就存在那兒，自在自如。詩人的工作只是引人向詩，而不在於「製造」詩。

司空圖的「自然」觀是這樣：

俯拾卽是，不取諸鄰。俱道適往，著手成春。
如逢花開，如瞻歲新。眞予不奪，強得易貧。
幽人空山，過水采蘋。薄言情悟，悠悠天鈞。

那麼，詩人還需大聲急喊嗎？如果要大聲急喊，還需挖掘和羅列那麼多意象嗎？

中國現代詩人的一個最大缺憾就是「製造意象」，我們只看到炫人耳目的碎錦，看不到整匹的布。「文章本天成，妙手偶得之」。那麼，停止栖栖惶惶的活動可以嗎？學學靜觀。

西方人才會那樣站出來跟「自然」作對，東方人是把自己融入自然，與自然爲一體的。

所以，莊子有個故事，他說：

南海之帝爲儵，北海之帝爲忽，中央之帝爲渾沌。儵與忽，時相與遇於渾沌之地，渾沌待之甚善。儵與忽謀報渾沌之德，曰：人皆有七竅，以視聽食息，此獨无有，嘗試鑿之。日鑿一竅，七日而渾沌死。

渾沌是被鑿了七竅而死的，中國現代詩人應該深思的正是這點。

民國六十二年三月寫於拇指山下
原載「藍星」詩刊

中國新詩發展史略

一、胡適的嘗試

嘗試成功自古無，放翁這話未必是！
我今爲下一轉語，自古成功在嘗試。
請看藥聖嘗百草，嘗了一味又一味；
又如名醫試丹藥，何嫌六百零六次？
莫使小試便成功，那有這樣容易事！
有時試到千百回，始知前功盡拋棄。
卽便如此已無愧，卽此失敗便足記，
告人此路不通行，可使脚力莫枉費。

我生求師二十年，今得嘗試兩個字，
做詩做事要如此，雖未能到頗有志。
作嘗試歌頌吾師，願大家都來嘗試！

（胡適「嘗試篇」）

這是胡適「嘗試集」自序引來做爲結論的。一種文體的改革，其遠因大都是由於前一種文體的老化、僵化，無法另創生機，再加上整個歷史文化的大變動，不能不產生新的時代文學。而其近因則是人爲的嘗試，自知或不自知的嘗試。民國初年，中國詩的改革，自應以胡適的「嘗試集」爲其先聲，從嘗試中建立一種新的文學，從遞變裡締造新的中國詩。

民國六年一月一日出版的「新青年」雜誌第二卷第五號，刊載胡適的「文學改良芻議」，提出八點主張，可以歸納爲：

形式方面：

(1)不用典
(2)不用陳套語
(3)不講對仗
(4)不僻俗字俗語
(5)須講求文法

內容方面：

⑹不作無病之呻吟

⑺不摹仿古人

⑻須言之有物

這是中國新文學運動的開始。新詩的提倡則在民國六年七月，劉半農的「詩與小說精神上之革新」發表以後，啟其端倪。劉半農以「眞」爲詩的精神，拘守規律的舊詩自不爲眞的文學。民國八年十月，胡適發表「談新詩」，「新詩」兩字在民國初年用來稱呼相對於舊詩的——以白話寫作而不押韻的詩，當自此始。

胡適說：「中國近年的新詩運動，可算是一『詩體大解放』，因爲有了這一層詩體的解放，所以豐富的材料，精密的觀察，高深的理想，複雜的感情，方才能跑到詩裏去。」詩體的解放，包括：⑴打破五言七言的格式：新體詩句子的長短是無定的。⑵打破平仄：白話詩的聲調，不在平仄的調劑得宜，全靠自然的輕重高下。⑶廢除押韻：胡適認爲用韻一層，新詩有三種自由，第一，用現代的韻，不拘古韻；第二，平仄可以互相押韻；第三，沒有韻也不妨，新詩的聲調既在骨子裏——在自然的輕重高下，在語氣的自然區分——故有無韻脚，都不成問題。

「詩體的解放」，在當時是積極的大課題，所以胡適在「談新詩」中大聲急呼，而於詩的作法則略而少談，其實，文學藝術如何示人以方法？胡適只提到一點：「詩須用具體的作法，不可用抽象的說法。凡是好詩都是具體的，越偏向具體的，越有詩意詩味。凡是好詩，都能使我們腦子裏發生一種——或許多種——明顯逼人的印象，這便是詩的具體性。」這種觀點，在「白話文學史」中可以見出許多的實例。

胡適自己的嘗試，則先於言論的發表，根據「嘗試集」自序，「嘗試集」的作品起於民國五年七月，到民國六年九月，而在這段時間以前，他已在嘗試作白話詩了，他是中國第一位以白話寫新詩的人。因此，「嘗試集」的貢獻，不在詩的好壞，他只是「有什麼話，說什麼話；話怎麼說，就怎樣說」，胡適自己也認爲「嘗試集」可貢獻的，就是這本詩所代表的「實驗的精神」。「嘗試集」的詩，「未能脫盡文言窠臼」，無甚可觀。其後，他才盡力以完全的白話作詩，比較爲人傳誦的是一首題爲「依舊月明時」的短詩：

依舊月明時，
依舊是空山夜，
我踏月獨自歸來，
這凄寂如何能解？
翠微山上的一陣松濤，
驚破了空山的寂靜，

山風吹亂了窗紙上的松痕，
吹不散我心頭的人影！

民國二十五年，胡適有一篇「談談『胡適之體』的詩」，說起民國十三年他作他姪兒胡思永的遺詩序，曾言：

「他的詩，第一是明白清楚，
第二是注重意境，
第三是剪裁，
第四是有組織，有格式。」

從此提到他做詩的戒約有以下三條：

第一，說話要明白清楚。胡適說：「古人有言近而旨遠的話，旨遠是意境的問題，言近是語言文字的技術問題。……意旨不嫌深遠，而言語必須明白清楚。」

第二，用材料要有剪裁。「消極的說，這就是要刪除一切浮詞湊句；積極的說，這就是要抓住最扼要最精采的材料，用最精鍊的字句表現出來。」

第三，意境要平實。胡適覺得：在詩的各種意境之中，「平實」，「含蓄」，「淡遠」的境界是最經得起咀嚼欣賞的。「平實」只是說平平常常的老實話，「含蓄」只是說話留一點餘味，

「淡遠」只是不說過火的話，不說「濃的化不開」的話，只疏疏淡淡的畫幾筆。

這三個戒條已不像「嘗試集」自序中所記的，跟梅光廸，任叔永往回辯論時的犀利言辭，因爲，民國二十五年的時候，新詩的發展已經有了某種程度的成就，胡適的嘗試已爲中國詩開拓了一線新的曙光。

二、新詩的草創與演進

中國新詩的發展史，跟歷史上各種詩體的革易一樣，是漸進而和緩的。爲了敍述方便，可以分爲四期來說：

第一期：嘗試時期

從胡適出版「嘗試集」以後，中國新詩正式進入草創階段，這時期嘗試寫新詩，鼓吹新詩的，其代表人物大致爲「新青年社」的胡適，劉半農，沈尹默；「新潮社」的兪平伯，康白情；「少年中國學會」的宗白華等人。嘗試時期的特色，其一爲形式的解放，從舊詩舊曲的格律中奔縱而出，一下子尙不能完全適應，所以有「小脚放大」之譏，走起路來不免還有搖搖欲墜的金蓮模樣。其二爲白話的實驗，新詩的嘗試也是新文學運動的一環，白話、方言、俚語、民謠，大量地應用在詩篇中，這一時期的詩作或稱爲「白話詩」，其因卽在此。其三，萌芽初期詩作，詩質貧乏，詩路不廣，詩人把重點放在詩的外在形式的改革，忽略了詩藝術的全面要求，並且只側重感情的抒發，敍事寫物之作付諸闕如，篇幅亦甚小。而此一特色，乃是文體變遷時不能不有的特色之一。

這一時期的重要詩人，除胡適外，有以下幾位：

⑴劉半農　新詩運動最初期的重要人物，他的「詩與小說精神上之革新」，發表在民國六年七月出版的「新青年」第三卷第五號，文中曾言：「可見作詩本意，只須將思想中最眞的一點，用自然音響節奏寫將出來，便節了事，便算極好。」所以，對於「專講聲調格律，拘執着幾平幾仄方可成句，或引古證今，以爲必如何如何始能對得工巧的」假詩，必不至有好感。翌年正月，「新青年」第四卷第一號，卽刊出他的兩首作品，是中國新詩首次公開發表，同期尚有胡適（四首）、沈尹默（三首）的白話詩。劉半農的詩，周作人曾在序「揚鞭集」稱譽他「駕御得住口語」，此卽劉半農成功之處，又指陳他「似乎少了一個餘香與廻味」，這卻是此一時代的通病。著有詩集「揚鞭集」與「瓦釜集」。節錄詩作「雨」的後半如下，足供欣賞：

媽！你爲什麼笑？你說它沒有家麼？——昨天不下雨的時候，草地上全是月光，它到那裡去了呢？你說它沒有媽麼？——不是你前天說，天上的黑雲，便是它的媽麼？

媽！我要睡了！你就關上了窗，不要讓雨來打濕了我們的床。你就把我的小雨衣借給雨，不要讓雨打濕了雨的小衣裳。

(2)劉大白　劉大白是一位覺醒的舊文學薰陶出來的新詩人，從以新名詞寫作舊詩，到擺脫舊文學的巢臼，而以白話寫詩，自是一段覺醒奮鬪的過程，也正是新舊文學過渡期間的必然軌轍。劉大白的詩從舊詩詞蛻化而來，文詞的清暢秀麗，內容的委婉感傷，自在話中，出版有「舊夢」「郵吻」等詩集。引兩節詩於下：

自然底微笑

鏡也似的平湖，映着胭脂也似的落照。忽然幾拂輕風，皺起紗也似的波紋，彷彿曲終辭罷的女郎，把面罩籠着半嬌半倦的臉兒，對着我微笑。

郵吻

我不是愛那一角模糊的郵印，
我不是愛那滿幅精緻的花紋，
只是緩緩地
　輕輕地
很仔細地揭起那綠色的郵花；

我知道這郵花背後，
藏著她秘密的一吻。

⑶康白情　出版有「草兒」詩集（後又分爲「草兒在前集」，「河上集」二部。）集中收錄原來發表於「少年中國」第一卷第九期的「新詩底我見」，所改寫而成的「新詩短論」，提出他對詩和新詩的看法，他說：「在文學上，把情緒的，想像的意境，音節地，戲劇地寫出來，這種的作品就叫做詩。」又說：「新詩所以別於舊詩而言。舊詩大體遵格律，拘音韻，講雕琢，尙典雅。新詩反之，自由成章而沒有一定格律，切自然的音節而不必拘音韻，貴質樸而不講雕琢，以白話入行而不尙典雅。新詩破除一切桎梏人性底陳套，只求其無悖于詩底精神罷了。」這是他自己對詩的看法。俞平伯爲「草兒」集作序時則以「勇往」的精神許之，說：「我們看白情底詩，無論在那一面，都有自我作古，不落人後的氣息流露在筆墨裏。」康白情的詩，有活潑的情趣，有深沈的蘊涵，篇幅方面更擴展了不少，允爲此一時期最傑出的詩人之一。以下所引爲「送客黃浦」的第三節詩：

送客黃浦，
我們都攀著纜——風吹著我們底衣裳——
站在沒遮欄的船樓邊上。

四圍底人籟都寂了，
只有她纏綿的孤月
儘照著那碧澄澄的風波
碰著船毗里綳壠地響。
我知道人的素心，
水的素心，
月的素心……一樣。
我願水送客行，
月伴我們歸去！
這中間充滿了別意，
但我們只是初次相見。

(4)俞平伯　俞平伯有一篇長篇大論，題爲「詩底進化的還原論」，這應是新詩草創時期的重要文獻，可分三部份來說：首先他提出對詩的看法：「詩是人生的表現，並且還是人生向善的表現。詩底效用是在傳達人間底眞摯，自然，而且普遍的感情，而結合人和人底正當關係。」其次是恢復詩底本來面目的主張：「平民性是詩的主要質素，貴族的色彩是後來加上去的，太濃厚了，有礙於詩的普遍性，故我們應該另取一個方向去『還淳返樸』把詩底本來面目從脂粉堆裏顯露出來。」這就是他的「還原論」，也是新文學運動以來社會文學、平民文學的另一種呼聲。但他是要藉着「還原」達到「進化」的目的：「詩底還原，便是詩底進化底先聲。」因爲「若不還原，決不能眞的進化，只在形貌上去改變，或者骨子裏反有衰老的象徵」，要想拯救這種危難，「只有鼓吹詩底素質底進化」！此謂之詩底進化的還原論。

俞平伯的詩以敍景、追憶爲主，不能免除慨歎的調子，著有詩集「冬夜」、「西還」、「憶」三種。

⑸宗白華　宗白華以「流雲」一詩享譽當代，是首音韻清亮，節奏靈活的好詩，詩集亦以「流雲」爲名，足爲其代表之作，引其一段，可見一斑：

啊，詩從何處尋？——
在細雨下，點碎落花聲！
在微風裡，載來流水音！
在藍空天末，搖搖欲墜的孤星。

⑹謝冰心　本名謝婉瑩，新詩集有「繁星」、「春水」兩部，深受印度詩哲泰戈爾影響，篇章短而富哲思。後來，「繁星」與「春水」兩部詩集，再加上晚期作品，印行「冰心詩集」一

册。我們引「繁星一三二」，得以見其特色：

大海呵！
那一顆星沒有光？
那一朶花沒有香？
那一次我的思潮裡
沒有你波濤的清響？

(7)汪靜之 汪靜之的詩是美與香，花與愛的詩，以年輕詩人的純潔，熱情，天眞和愛心，去擁抱大自然，高唱戀愛的欣喜和憂怨，在當時的社會，無疑是令人側目的情愛小詩，他的第一部詩集「蕙的風」，民國十一年八月間刋行，集中大都是描繪澈底、筆法細膩，男女之間的愛情：

伊底眼是解結的剪刀；
不然，何以伊一瞧著我，
我被鐐銬的靈魂就自由了呢？

（錄自「伊底眼」）

五年後，卽民國十六年，他又出版第二部詩集「寂寞的國」，閱歷漸深，童心已泯，縱放的愛情如煙之霏，如雲之斂，圍成他的寂寞，在寂寞的國已不見昔日鮮艷的華采與眞摰的奔縱。此時，新詩已漸漸結束嘗試期的淡薄詩質和拙澀語句，而走向它的第二階段。

第二期：新月時期

中國新詩發展的第二期，詩人創作的態度趨向和緩，站在前期詩人已開闢的道路，做著錦上添花的工作。這一時期，新詩運動的核心是在徐志摩主編的「晨報副刊」（詩鐫）上，晨報停刊後，徐志摩，聞一多等人又創辦「詩刋」，由新月書店出版，志摩復爲新月派主將，所以，此一時期的新詩發展可稱之爲「新月時期」。

「新月時期」異於「嘗試時期」的地方，在於：㈠文字的駕馭更爲純熟，嘗試期半文言的蹩扭文句不復出現，代之而起的是洋化的字詞。㈡特別重視辭藻、意象的美化，推敲，雕琢，大異於嘗試期拙樸、單調之風味。㈢新月期，格式整齊，模仿西洋詩各種體式，致有「方塊詩」「豆腐乾詩」之譏。㈣注重節奏、押韻，詞與意的綿邈與幽雅，聲與韻的和諧與舒緩，成爲本期新詩的主要特色。㈤篇幅較前期爲長。㈥敍事詩開始有人創作。大致說來，新月時期也可算是新詩的豐收季。主要詩人，計有徐志摩、聞一多、朱湘、劉夢葦、于賡虞、王獨淸、穆木天等人，分別介紹如下：

⑴徐志摩　徐志摩，浙江峽石人，滬江大學出身，後轉北京大學畢業，曾留學英國劍橋大

學，此時研讀濟慈、拜倫詩作，深受影響。一九二四年，印度詩哲泰戈爾氏來華訪問，徐志摩充任翻譯，日夕相處，詩風又受泰戈爾影響。徐詩的特質：其一，想像力強，風格獨特，其二，情文柔美，音韻諧適，其三，詩語歐化，組織不善。徐志摩曾與胡適，梁實秋，聞一多，沈從文，羅隆基等創立「新月社」，並出版「新月月刊」。曾主編「晨報副刊」，鼓吹新詩運動，不遺餘力，並倡導外國詩的譯介，對於中國新詩的發展實佔有承先啟後的崇高地位。

徐志摩非常重視美的存在，在「曼殊菲爾」這篇文章裡，他說：「美感的記憶，是人生最可珍的產業。認識美的本能，是上帝給我們進天堂的一把秘鑰。」一般都以「唯美派詩人」視之，影響當代及後來詩風甚大，頗得讀者之贊賞與喜愛。著有「志摩的詩」「翡冷翠的一夜」等詩册，目前坊間大量印行「徐志摩全集」，爲新詩人中最令人稱賞的一員，可惜英才早凋，不幸短命而死！

我是天空裡的一片雲，
　偶而投影在你的波心，
你不必訝異，
　更無須歡欣，
在轉瞬間消滅了蹤影。

⑵聞一多　胡適時期的白話詩努力打破格律，聞一多卻又極力主張詩中格律的重要，他說：「詩的所以能激發情感，完全在他的節奏，節奏便是格律。」在「晨報副刊」發表的這篇「詩的格律」，曾以「遊戲的趣味」「帶脚鐐跳舞」兩事，來比喻格律對於詩作的助益，他認爲：「遊戲的趣味是要在一種規定的條律之內，出奇致勝。做詩的趣味也是一樣的。」又說：「恐怕越有魄力的作家，越是要帶著脚鐐跳舞才跳的痛快，跳的好。只有不會跳舞的才怪脚鐐礙事。只有不會做詩的，才感覺得格律的束縛。對於不會作詩的，格律是表現的障礙物。對於一個作家，格律便成了表現的利器。」

可以說，這就是「窮而後工」的一種詩論。不過，嚴守韻脚的結果，難免有牽強之嫌，文字的駕馭也無能得乎心而應乎手，所以，朱湘在「評聞君一多的詩」中，曾指出用韻不對，不妥，不順的缺失。聞一多的詩大概就是以上詩論的實踐，著有「死水」、「紅燭」、「屠龍集」等詩册。

⑶朱湘　朱湘在新詩史上的地位，應該是以長篇敍事詩而奠立，如月遊，還鄉，均爲百行巨製，而「王嬌」一詩長達九百多行，皇皇偉構，遠非昔日詩人可及。朱湘的詩，字句行數，整齊畫一，頗爲注重形式上的外在美，音韻上的諧和美，修辭上的內聚美。出版詩集兩册：「夏天」、「草莽集」。

⑷劉夢葦　劉夢葦是新詩人中的「悲苦詩人」，說不完的凄風苦雨打擊他不算長的生命：

我感謝人羣底冷酷無情，
我感謝世界底抑鬱陰沈；
這都是藝術的絕好背景，
才造成鮮血嘔吐的今晨。

（錄自「嘔吐之晨」）

劉夢葦與前述三人具有相同的特點——韻嚴，詞姸，字數襲沿少變。

⑸于賡虞　生老病死是苦，「愛別離，怨憎會，求不得，五陰盛」也是苦，于賡虞的詩滿溢低沈、凄涼、感傷的人生之苦。文辭上最大的特點是喜用長句，想像之富於變化，則可與徐志摩相比，引「晨曦之前」的前兩節，見其成就：

凄迷的走去，凄迷的過來，看——
野岸邊寒林的黃葉飄旋在空中，低落在面前；
我的魂，隨它去罷，任你沈淪沙河底，飄流東海間。
這顆輾轉於罪惡的不自由之心
將卽炸裂此渺無踪影的晨曦前。
夜宿荒山古寺間，這是毒冷，摧心的不自然的流戀。

何時呀才能歡浴在那一輪燭天的紅日，你流水與青天。
　　淒迷的走去，淒迷的過來，看——
野岸邊寒林的黃葉飄旋在空中，低落在面前；
在夜鶯的淒韻中我踟躕墓畔低向枯骨死的懷念。
　　這無人掃吊的白骨間生著一朶惡花
　　芳芬，幽麗，桃色的頰面迷惑萬眼。
萬籟死寂的墓野，我做著白骨前塵的夢幻，瘋迷哀戰。
苦思的淚泪泪流於青衫，何處呀我的好夢，我的心願？

以上是新月期的代表人物。到了第三期，新詩的發展又推向另一個高潮。

第三期：象徵時期

(1)李金髮　「詩怪」李金髮是中國新詩界的一股特異的新生力量，他活躍在詩壇的時間大約是民國十四年到十八年之間，五年的時間出版了他的三册詩集：「微雨」（十四年），「食客與凶年」（十六年）及「爲幸福而歌」（十八年）。他是第一個將法國象徵派詩的表現手法介紹給中國的詩人，是功是過，說詞不一，不過，爲中國詩開啟了另一扇門窗，拓寬了新詩的視境，在新詩發展史上自有他重要的一頁。

李金髮的詩想像力豐富，著重於意象的塑造與創新，而其缺點則在語言的艱澀，句法歐化，文白夾雜，令人有不忍卒讀之歎，而在卒讀之後，似乎又讓人深思，而非浮泛淺薄之輩可比：

棄婦

長髮披徧我兩眼之前，
遂隔斷了一切羞惡之疾視，
與鮮血之急流，枯骨之沈睡。
黑夜與蚊蟲聯步徐來，
越此短牆之角，
狂呼在我清白之耳後，
如荒野狂風怒號，
戰慄了無數遊牧。

靠一根草兒，與上帝之靈往返在空谷裡。
我的哀戚惟遊蜂之腦能深印著；

或與山泉長瀉在懸崖，
然後隨紅葉而俱去。

棄婦之隱憂堆積在動作上，
夕陽之火不能把時間之煩悶
化成灰燼，從烟突裡飛去，
長染在遊鴉之羽，
將同棲止於海嘯之石上，
靜聽舟子之歌。

衰老的裙裾發生哀吟，
徜徉在邱墓之側，
永無熱淚，
點滴在草地，
爲世界之裝飾。

早期詩作，大抵如此。至乎第三部詩集「爲幸福而歌」，則在詩句方面有較佳的表現，文言的句式更爲縮減，節錄「松下」一詩第三節，可以見出他的改進：

小草無意低眠，
行雲隨與排列，
回首沈思：
安得長與松風蕭瑟！

⑵戴望舒　戴望舒於民國十八年四月出版第一本詩集「我底記憶」，中國新詩的象徵期遂進入最燦爛輝煌的時代。戴望舒雖與李金髮同爲象徵派的兩大主將，但文字的遒勁、秀麗，遠非李氏可及，卽在象徵手法的應用上，戴望舒也要比李金髮高明，因爲李氏乃啟創人物，而戴望舒則繼後而起，予以充實、縫補，漸漸至於完善。民國廿一年夏天，戴望舒又出版第二本詩集「望舒草」，對於「望舒草」，紀弦在「新詩論集」（民國四十五年大業書店出版）中備極推崇，以爲「『望舒草』是戴望舒一生的代表作，他的最出色的詩篇都包含在內了。在那本集子裡，充滿了一種動人的美好的憂愁，一種低徊的調子，有如蕭邦的小夜曲，而一種象徵的表現手法是非常之纖細的。」

戴望舒自己對詩的看法，見之於「詩論零扎」，較重要之論，如：「詩不能借重繪畫的長處。」「單是美的字眼的組合不是詩的特點。」「詩的韻律不在字的抑揚頓挫上，而在詩的情緒的抑揚頓挫上，卽在詩情的程度上。」「詩是由眞實經過想像而出來的，不單是眞實，亦不單是想像。」

在當時，戴望舒有一首膾炙人口，流傳極廣的「雨巷」，文字流麗，情韻綿邈，很值得一讀。此處則引錄「我底記憶」中的一節，比較可以見出戴望舒之爲象徵派詩人的一面：

牠存在在燃著的煙捲上，
牠存在在繪著百合花的筆桿上，
牠存在在破舊的粉盒上，
牠存在在頹垣的木莓上，
牠存在在喝了一半的酒瓶上，
在撕碎的往日的詩稿上，在壓乾的花片上，
在悽暗的燈上，在平靜的水上，
在一切有靈魂沒有靈魂的東西上，
牠在到處生存著，像我在這世界一樣。

戴望舒對於中國詩的貢獻，猶不在象徵詩的引介和創作上，更表現在他對詩運開展的熱心。當時正是新詩漸能爲人所接受而又未普遍讓人接受之時，戴望舒將之引向更深一層的體認，再也不是浮泛的歌謠，免除「小脚放大」「方塊詩」之譏，而且，「左翼文學聯盟」成立於民國十九年，普羅文學的叫囂聲，喧天價響，戴望舒獨挽狂瀾於既倒，折衝陷陣，竭盡所能，中國詩之得以保持一塊乾淨的領域，且將之傳諸未來，戴望舒和現代派的功勞不可沒。

現代派之宣告成立，大約是民國二十一年春天的事，二十一年五月創刊「現代」月刊，由施蟄存，杜衡，戴望舒三人主編，歷時三年又兩個月，民國二十四年七月停刊，其一卷四期裡「有關於本刊中的詩」一文，對詩有顯明的主張，其言曰：「『現代』中的詩是詩，而且是純然的現代的詩。牠們是現代人在現代生活中所感受的現代情緒，用現代的詞藻排列成的現代的詩形。……大半是沒有韻的，句子也很不整齊，但牠們都有相當完美的『肌理』，牠們是現代的詩形，是詩！」次年，民國二十五年十月，戴望舒復與徐遲、路易士（卽後來之紀弦）創辦「新詩」雜誌，結合南北詩人，推展詩運，「新詩」雜誌雖於二十六年六月中因炮火停刊，而以戴望舒爲主的現代派，透過「現代」「新詩」兩種雜誌，影響中國詩壇不可謂不深不遠。

「新詩」雜誌停刊，戴望舒避居香港，主編「星島日報」副刊，創作中止，直到民國二十八年初，始恢復寫詩，其後，曾爲日軍繫捕下獄，孤憤盈胸，發之爲詩，如「災難的歲月」是也。此時詩風稍異於前，憂時傷懷，語氣悲憤而健：

無形的手掌掠過無限的江山，

手指沾了血和灰，手掌黏了陰暗，
只有那遼遠的一角依然完整，
溫暖，明朗，堅固而蓬勃生春。
在那上面，我用殘損的手掌輕撫，
像戀人的柔髮，嬰孩手中的乳。

（錄自「我用殘損的手掌」）

民國三十四年抗戰勝利，戴望舒則陷入貧病苦痛中，三十六年整理出版「戴望舒詩選」，第一輯「望舒詩稿」收集「我底記憶」及「望舒草」兩集詩中的較佳作品，第二輯「災難的歲月」則爲遠走香港時的紀念，民國三十九年二月以病辭世。勝利後的五年一直無作品發表。

⑶王獨淸與穆木天　兩人同爲創造社詩人，王獨淸的詩作，思想頹廢，萎隨；語氣幽怨，哀婉；文字則注重音韻華采，喜歡夾雜外國文字，出版詩集「死前」、「聖母像前」、「威尼斯」、「埃及人」、「煆煉」等。穆木天著有詩集「旅心」，以爲詩須有龐大的暗示力，才能表現人內在生命的奧秘，所以：「把句讀瘢了，詩的朦朧性越大，而暗示性也越大。」他對於詩形式的統一，音樂美的追求，亦有所闡述。此二人對於象徵派的景慕，仿學，與夫創作，薄有所得，而影響於當代詩壇者則微乎其微。

第四期：南遷時期

當戴望舒遠避香港，新詩之南遷於焉開始。這種南遷實非得已，局勢的混亂，世情的動盪，迫使詩人南飛以找尋溫暖的春。南遷時期，實際上也就是中國新詩的式微期。這一時期，詩刊少，詩人的創造也少，能有一個「辛笛」，一個「綠原」已算難能可貴，被湮沒的詩人，被湮波的詩，更不知有多少！

⑴辛笛　辛笛寫詩歷史甚長，晚期作品大都發表於上海森林出版社印行的「中國新詩」。辛笛的詩，筆調清純，字詞爽利，早期的詩收在「珠貝集」中（民國二十五年版），眞正的代表作則爲民國三十七年出版的「手掌集」：

如此悠悠的歲月
那簪花的手指間
也不知流過了多少
多少慘白的琴音
但門外却只有封積了道路
落了三天的雨和雪

（錄自「門外」）

(2)綠原　綠原的詩應是「歌」，唱出童年的幽怨、輕愁，和無知：

風吹著
風吹著鱗狀的瓦頁呵
風吹著從瓦頁間流出來的炊煙
風吹著
風吹著沒有色調的村莊呵
風吹著從村莊走向田野的人民
風吹著
風吹著寬闊底少女的胸部
搖響兩隻小鈴子
風是滾動在天河里的流水

（「春天與詩」第三首「風吹著」）

綠原出版過兩部詩集，一是「童年」（民國三十一年桂林生活書店出版，後又納入胡風主編的「希望社」的「七月詩叢」中——「七月詩叢」第一輯包括：胡風主編的「我是初來的」，艾青的「向太陽」，胡風的「爲祖國而歌」，孫鈿的「旗」，田間的「給戰鬪者」，亦門的「無弦琴」，魯藜的「醒來的時候」，天藍的「預言」，冀汸的「躍動的夜」，綠原的「童話」，鄒荻帆的「意志的賭徒」，艾青的「北方」等十二部。）另一册爲「又是一個起點」（三十六年出版）。綠原的詩輕快而不虛浮，哀樂而不逾常，有稚子之心，天眞之情，在中國新詩之聲裡是一支牧童的短笛，不時洋溢著鄉野的氣息。這是一條寬大的路，從楊喚到目前流行的童話詩，無一不受綠原寫作的影響。

四十年代是一個黑暗的時代，細弱的雅正之聲在陰暗的角落；新詩的南遷是一個微不足道的變遷，卓犖的詩才在逃亡中夭死。而這一切正像一枚熟透的菓實開始腐爛，唯有腐爛才能讓它的種子接觸大地，深入大地，生長新的一代，開出另一種花，結成另一種果。南移的中國新詩也正因爲這樣，才有「從紀弦到蘇紹連」這二十五年——四分之一世紀——的光輝日子，「從紀弦到蘇紹連」的二十五年，是中國詩的發展史上一株特異的幼苗，掙脫了中國格律的束縛，初嘗西洋詩的肆放（西洋詩譯成中文，只能保存韻脚），不自覺地又套上了西洋詩寬大的外衫，如何剪裁適身的衣物？如何茁長中國詩的神髓？二十五年來，詩人們在嘗試突破各種艱難。突破的過程，突破的喜悅，所發散出來的芬芳，正是「從紀弦到蘇紹連」艱苦奮戰的聖果，這一段歷史值得我們加以記載，加以保持，加以闡揚，加以張皇。

民國六十三年十月完稿於結婚兩週年紀念日

原載「詩人季刊」第一、二期

現代詩批評小史

一、詩的批評

一首詩創作完成以後，讀者可有三種不同的態度。

其一是欣賞：

欣賞是主觀的溶入，將自我消融於詩中，是鏡，從詩中照見自我可親的臉容，共喜共怒，同哀同樂。

其二是詮釋：

詮釋是客觀的引導，將詩思從文字中釋放而出，緣着詩人的心紋血痕，逆流而上，是橋，明明白白指示過河以後對岸的路。

其三是批評：

批評則融合了主客之觀，物我之分，是刀，劃開表層，深入內裏，批卻導窾，尋幽探勝。批評是天地間的仁氣，維護眞義，滋養眾生，批評更是天地間的義氣，制不善，劃不平，殺過盛，除贅瘤。唯有眞正的批評，促使詩呈露它原有的眞貌。「批評」二字，分開來解釋，「批」有「擊」義（左傳莊公十二年：「批而殺之。」），有「排」義（史記蔡澤傳：「批患折難」），有「削」義（杜甫「房兵曹胡馬」詩：「竹批雙耳峻，風入四蹄輕」），有「觸」義（史記荆軻傳：「欲批其逆鱗哉！」），有「排比」之義（新方言釋言：「今人謂物相次比，或事有先後第次曰一批一批。」），是一種主動的批擊，必有批擊的對象。「評」有「平」義（平者坦也，和也，均等也。），有「議」義（議者講論也，謀畫也，裁決也。），是一種公正的審評，必有審評的準據。本篇所論「批評」卽以此爲範疇。

因此，最早的詩評應是孔子的兩段話：

子曰：「詩三百，一言以蔽之，曰：思無邪。」（論語爲政篇）

子曰：「關雎樂而不淫，哀而不傷。」（論語八佾篇）。

其後的批評則不出「四庫全書總目提要」詩文評序論所分五例：

㈠究文體之源流而評其工拙，如劉勰文心雕龍。

㈡第作者之甲乙而溯厥師承，如鍾嶸詩品。

㈢備陳法律，如皎然詩式。

㈣旁採故實，如孟棨本事詩。

㈤體兼說部，如劉攽中山詩話，歐陽修六一詩話。

這五類作品，除前兩類爲嚴肅而有系統外，餘皆失之於瑣碎無章。如果將詩的批評分爲兩大類，一類以詩作爲對象，則中國詩的批評是主觀的品鑑稱賞，印象式的漫談泛論，逐字逐句的評注、校釋，另一類以詩人爲對象，則成爲年譜的編述，交友的考察，作品年代的釐定，彷彿捨此之外，再無新的方法可以運用。

「現代詩」既然深受西洋文學的衝激，現代詩的批評自不免於引介西洋文學理論與批評方法，縱觀現代詩的批評文字，約略可以見出四大流派：

㈠批評的發軔時期，從感覺出發，印象式的批評，以覃子豪、張默爲代表。

㈡批評的衝激時期，以學理爲上，比較式的批評，以李英豪、顏元叔爲重鎮。

㈢批評的自立時期，以經驗爲主，見證式的批評，以洛夫、林亨泰爲翹楚。

㈣批評的全盛時期，重詩人詩作，分析式的批評，以張漢良、蕭蕭爲範式。

這四大流派，不以時間爲截然劃分的標準，如張默、洛夫，雖在早期卽以批評名家，晚近仍有勁作闡釋詩理，要以批評的態度、方法，卽有小異，終無大別，乃將他們劃入發軔及自立時期。李英豪早在民國五十三年卽寫作「批評的視覺」，顏元叔則晚至六十年始在詩壇評詩，他們應用西洋批評術語及技巧，極爲相似，歸爲一派。以下分別論述這四大流派的批評方法及其得失。

二、從感覺發出

有了現代詩，就有了「現代詩批評」。

覃子豪於民國四十五年擔任中華文藝函授學校詩歌班主任，曾於「中華文藝」月刊上按期發表新詩習作的批改示範，這些作品於四十六年底結集出版，是最早結集的詩評專書，定名為「詩的解剖」，除第一篇「兩個傾向，三種風格」以外，其他十八篇（再版時又增兩篇），都以立意、內容、結構、句法、節奏、形象和意境、修改的意見等七節加以論評，這種寫評方式，輕便靈巧，易於掌握，用來批評習作，極為恰當，如果用來積極地批評詩作，則嫌其滯澀，不能靈活運轉。覃子豪的解剖十分嚴酷，一字一句絕不輕易放過，這是批評者應有的精神，修改以後的作品顯然較原作為佳，但也多少蘊含了覃子豪的風格與面貌，此又為智者所不取。無論如何，早期詩壇，紀弦以檳榔樹之姿，昂然自呼，覃子豪以解剖刀之勢，指點瑕疵，兩相比較，覃子豪是要踏實得多了。

四十九年十一月，覃子豪出版了他的第二本評論集「論現代詩」，本書第三輯為「創作評介」，評介了當時的年輕詩人瘂弦、黃用、鄭愁予、蓉子、吳望堯、羅門等人的詩，寫作時期則從四十年至四十七年。覃子豪的批評有四個特色，這四個特色也就是印象式批評的特色：

第一、敍述性的說明文字，有時用來敍明作者的生平，有時用來敍明詩的內容，這在現代詩初起的年代，推薦與介紹的作用要大於批評的意義。如評「夢土上」，他說：「作者表現的技巧是高明的，詩中的形象凸出，新鮮有味，他的想像力從未受過詩傳統的拘束，每一首詩都有其獨創性。」這樣的評語是否準確地抓住鄭愁予的特色？是否也適用於其他詩人？

第二、以風格相類或相異的詩人相互比較，可以清晰地捕捉住個人不同的特質。如：「黃用和吳望堯是兩個極端，黃用輕逸的風格和吳望堯雷霆式的風格，大異其趣。由於氣質不同之故，黃用對題材的選擇，十分苛酷與嚴格，和吳望堯俯拾卽是完全不同。一個是奔馳於無邊的原野；一個是謹愼小心的在過獨木橋。」（見「三詩人作品評」，收入「覃子豪全集」第二集四一四頁。）

第三、外國詩人及主義的借喩，如評瘂弦詩說：「他有一部份詩深受阿波里奈爾和高克多的影響，如『季候病』，『死了的蝙蝠和昔日』完全是阿波里奈爾無約束的抒寫。而『夜』，『土地祠』，『羅馬』，『朝花夕拾』，『諧奏』，則帶有高克多童稚風的玄妙趣味。『歌』和『五噚之下』則有梅特克林的神秘感。」說黃用「雖然嚮往過浪漫主義，他的詩卻與浪漫主義有別，他無浪漫主義的鋪陳、直敍之弊，他無形中獲得了象徵主義提鍊詩質，淨化詩質的玄秘。」（見「三詩人作品評」）。

第四、評語通常是主觀的，印象的，卽興的，並未加以引證，說明。換句話說，價値判斷來得太突兀。

做爲現代詩發軔時期的批評家，覃子豪評價式的文字自然開啓了詩人評詩論詩的興趣，可與覃子豪歸為同一流派，踵武而起的，大約是張默、彭邦楨、辛鬱等人。

張默的批評在現代詩史上自有其殊異的地位，第一本論文集「現代詩的投影」出版於民國五十六年十月，寫作年代從四十八年四月（「新視覺的塑造者」）到五十六年四月（「白色的火鳥」），批評文章一共十八篇，其對象網羅了當時最出色的大部份詩人，包括鄭愁予、周夢蝶、碧果、白萩、季紅、葉珊、辛鬱、大荒、林綠、方莘、葉維廉、商禽、楚戈、羅門、畢加、管管。第二本評論集「飛騰的象徵」則出版於六十五年九月，寫作時間從五十年二月（「略論詩的建構」）到六十二年七月（「讀管管・畫管管」），評論對象較為駁雜，除與上書重覆者之外，還包括方思、薛柏谷、紀弦、菩提、秀陶、沈臨彬、覃子豪、沉冬、洛夫及蘇紹連、渡也等「新銳的聲音」。整整十五年間，評論了三十多位詩人，就量而言，尚無人超乎其右。

張默的批評方法，陳芳明頗有微詞，陳芳明說：「張默先生很少有自己的主見，書中三分之二以上完全引用外國詩人的語錄。」（見陳芳明的書「鏡子和影子」第一九四頁，志文出版社六三年三月出版。）誠然，張默批評的特色之一，是以外國詩人、評論家、藝術家、哲學家所閃現的光彩去烘托一個詩人所能開展的世界，詩中的世界原來就是可感通而不一定可理喩的，正如我們以多種鏡頭展現戰爭的慘酷，或內心的悽冷，當然無可厚非，只要這些鏡頭能全然自主地達成目的，「全部彈中」。何況，決定「引用」那一句詩，那一句話，就是一種選擇，一種主見，一種歸納，應該不是隨心羅列、任意排比的。陳芳明批評「現代詩的投影」：「書中三分之二以上完全引用外國詩人的語錄」，確是一句大膽的謠言，三分之二的數目是指篇章呢？還是指篇幅？「完全引用」又是何所指？陳芳明此句評述，未爲允當，恐怕也是僅憑印象而批評，可見「印象批評」是任何評者生來即具有的本能，無法避免。

張默自己認爲：

我的批評的過去式——詩人的「觀念之貌」是一切。

我的批評的現在式——詩人的「精神活動」是一切。

我的批評的未來式——詩人的「創造才具」是一切。

重視的是詩人的觀念之貌，詩人的精神活動及創造才具，則其採用的批評方法自然不是精密的儀器的分析。

張默說：「我國文壇對於文學批評所使用的語言文體實在太陳腐了，我是企圖以另一種語言，純抒情性的語言來寫作我的批評文字。」（見「飛騰的象徵」序「關於詩的批評」），這點正是張默的特色之一，茲引述「嬝嬝意象之飛撲」的兩段話以見一斑：

1.「公開的石榴」的確是一篇不可多得的純粹的詩，它美麗而冷冽，跳躍而固實，從清新的風格中透閃出一片繁複與蒼茫，可是細細咀嚼彷彿又不是。

2.從「公開的石榴」可以明顯地測出一個詩人觀念的形成，那好比花朵怎樣在帶露的深夜悄悄吐蕊，朝陽怎樣突破黎明的警戒線而指向廣闊的大地，暴漲的河水怎樣緩緩地也是洶湧地流向無邊的滄海。（見「飛騰的象徵」第一〇八頁）。

這兩種特色綜合而言，不論是引錄的警句，自創的抒情性語言，其主旨均在傳述詩人可感的詩思，渲染隱淡的詩思。詩的批評方法可以有各種不同的出入，以張默爲代表的這派，從感覺出發，引逗讀者接近現代詩，點悟慧根已具的讀者，爲其優點，用語不夠準確，不能示人以方，無法引渡魯鈍的向道者，爲其缺憾。張默以下，尚有許多偶而客串批評者的詩人，喜歡採用這種傳統的，詩話式的，感覺至上的批評，成果比較顯明的是曾經於六十年八月出版「詩的鑑賞」的彭邦楨，近期在青年戰士報「詩隊伍」連載「讀詩札記」的辛鬱。

三、外來的衝擊

李英豪的「批評的視覺」（民國五五年一月，文星書店出版），無疑的是中國現代詩批評史上外來的第一個新刺激，李英豪，一九四一年生，廣東中山人，未曾發表詩，但整本「批評的視覺」都在論詩、評詩，前面兩輯是詩理論的介紹，第三輯則批評了洛夫、張默、葉維廉、商禽、方莘、紀弦的詩，寫作時間集中在民國六二年與六三年。李英豪的詩論，旅人指其「激進有餘，獨立見解仍嫌不足。」（見「笠」詩刊第七十七期「中國新詩論史」）。最重要的觀點是認爲詩要有「張力」（tension），他引用新派批評家阿倫泰特（Allen Tate）的話解釋張力：「詩的意義，全在於詩的張力；詩的張力，就是我們在詩中所能找到一切外延力和內涵力的完整有機體。」

（見「批評的視覺」第一一七頁），增強詩中張力的方法，要靠「音義的複沓，語法相尅的變化，詩中一部份和另一部份或整體的矛盾對比，感性意義交切相融，互為表裏等等。」（見「批評的視覺」一一九頁）。

縱觀李英豪論文，頗有引進西洋批評理論的野心，可是應用在實際批評工作上，除了西洋詩論的引述，批評術語的套用外，竟是極為主觀的、自由的、聯想的，讀詩的感受的擴展，如評商禽「阿米巴弟弟」，說：「這是一種因自我隔離而構成的『轉位』，同時瀰漫心靈的神秘與不安底悲劇。詩人轉位為微小的、透明的，在不顯著的地位下形貌多變不定的阿米巴，……這形貌顯示出個人生存的感覺和眞實情境，……更加強了自我分裂的原性和不可捉摸。」（見「批評的視覺」一九二頁），其特點：一則引導讀者擴展視境，突破文字的限指意義，二則豐富詩的內在蘊涵，指明更深層的精神動向，而其缺失則是：夢囈式的語言，彷彿多重鏡子，造成另一種混亂與迷離。不論是得是失，李英豪罕見而殊異的詞彙，確曾在中國詩壇留下一些盪漾的餘波。

對於現代詩引起最大衝激的應該是顏元叔，顏元叔，湖南人，臺灣大學外文系畢業，美國威斯康辛大學文學博士，他的文學信條是：「文學批評人生」及「文學是哲學的戲劇化」，民國五九年元月出版「文學的玄思」（驚聲公司出版），竭力提倡「新批評學派的文學理論及手法」（見該書一〇九頁），並且援用了新批評的方法，批評了余光中、梅新、洛夫（論文收入六一年七月出版的「文學經驗」，志文出版社發行），後來又批評了羅門、葉維廉（見「中外文學」第一卷第四期及第七期，收入學生書局六二年六月出版的「談民族文學」），在當時詩壇多少引起了軒然大波，陳芳明曾有「細讀顏元叔的詩評」專文加以考察（見「詩和現實」第九頁，六六年二月，洪範書店出版）。

余光中的詩矯情多變，好在每一詩集都有每一詩集的主題和特色，顏元叔以「敲打樂」和「在冷戰的年代」兩冊詩集寫出「余光中的現代中國意識」，可以說是非常取巧的寫法，因爲余光中很明顯地一直在詩中喊着：「中國中國你令我早衰。」如果顏元叔從余光中的其他詩集印證他的中國意識，或就這兩冊詩集探討余光中的詩語、詩法，或許才能令人傾服。另外三篇詩評：「細讀洛夫的兩首詩」「羅門的死亡詩」「葉維廉的定向疊景」，都發表在中外文學第一卷前面七期，似乎暴露了顏元叔爲寫評而讀詩的急就心態，論來自會有不知所云的慨歎，評洛夫時情緒語特多，頗有嘩眾取寵之嫌，對於羅門閃爍不定的意象，則又束手無策，論葉維廉的文章可以說是三篇中較好的一篇，可惜題目定爲「定向疊景」，卻不曾指出葉維廉的「向」定在那方？「景」如何疊成？譬如葉維廉使用「的」字正是爲了造成「空間層疊」，顏元叔卻認爲「使得若干詩行顯得笨拙」，失之交臂，如能專就意象結構或音響結構來論葉維廉，當可更深入地掘出特色來。

顏元叔最用心寫的評論應是「梅新的風景」，從字質，從結構，從意象，從節奏去看梅新的幾首詩，鈎玄提要，簡明中肯。其成功的原因有二，一是顏元叔原來就有堅實的西洋批評理論基礎，牛刀之試，游刃有餘，二是「修辭立其誠」，評詩之前確實細讀原詩，體察了作者的苦心。

相反的，前述幾篇評論的失敗，則是因爲缺乏諒解的同情心，未曾仔細深究，率爾執筆，忽略中國詩情，迷信西洋學理，有以致之。當時顏元叔貴爲臺大外文系主任，肯實際批評現代詩，自然激起壯闊浪濤！

出現的時期介乎李英豪與顏元叔之間，寫作篇數最少，分析最詳細，成就最高的，那是「歐洲雜誌」的江萌，江萌詩評只有兩篇：「關於余光中的『蓮的聯想』——論三聯句」（歐洲雜誌第六期，民國五五年冬末出版）及「一首現代詩的分析」（第九期，五六年秋末出版，後來收入張默、管管主編的「從變調出發」一書中，普天出版社出版。）這兩篇評論，是科學的，分析的，現代詩自有批評以來最完善的傑作，其理由是：江萌從余光中和林亨泰的詩中發現極獨特的語法，「用一些機械的工具，很基本而可靠的原則，從極自由的詩中找出其仍不失爲詩的規律來，並且確定其特色，給以定性式的結論。」（江萌語）這種發現顯然又多方面擴展了詩的視窗，或者竟是「多向疊景」了。

詩人以外的批評有時也帶來反動的見解，早期的，如「文學雜誌」轉載梁文星的「現在的新詩」（一卷四期），留戀舊詩仍擁有數目極廣，而程度極齊的讀者。周棄子的「說詩贅語」（一卷六期），指出新的詩體一直沒有能夠成功地建立起來，不應澈底取消原有的固定形式。夏濟安的「白話文與新詩」（二卷一期），也主張再創造出中國的新的詩體。這是民國四十五、六年間的事。

四十八年，蘇雪林與覃子豪之間爆發了「象徵派」與中國新詩發展的論爭。蘇雪林在「自由青年」二十二卷一期發表「新詩壇象徵派創始者李金髮」，以爲新詩「晦澀曖昧到了黑漆一團的地步」是因爲轉了十幾年無法轉出李金髮的象徵派的陰影，覃子豪答以「論象徵派與中國新詩」，蘇雪林再寫「爲象徵詩體的爭論敬答覃子豪先生」，覃子豪寫「簡論馬拉美、徐志摩、李金髮及其他——再致蘇雪林先生」，其後蘇雪林罷戰，這已是「自由青年」二十二卷六期出版之時了，此期同時登載署名「門外漢」的「也談臺灣目前新詩」，指出臺灣新詩確實令人百讀不解，呼籲詩人走到羣眾之間來。這一呼籲有了反響。

四十八年十一月二十日至二十三日「中央副刊」方塊作家言曦發表「新詩閒話」，「中華副刊」孺洪給予響應，次年元月八日至十一日言曦又於中副連載「新詩餘談」，引發更多的論爭，言曦持論的重點在：現代詩不如古詩（舉證包括中外名詩人），藝術應該大眾化。現代詩人余光中、黃用、覃子豪、白萩等人相繼在文學雜誌、文星雜誌、創世紀詩刊上爲文答辯，此一現代詩反動的結果，促使詩人步調更趨一致：詩不以易懂爲上，詩不需大眾化，竟是言曦等人所倡議的反調。

近期的反動言論，首先是關傑明在六十一年二月二十八、二十九日於中國時報人間副刊，發表「中國現代詩人的困境」，九月十、十一日發表「中國現代詩的幻境」，嚴重指出中國現代詩英譯後幾與西洋詩無異，中國現代詩人缺乏中國精神，不重視社會、現實，諸多弊病。李國偉接著在十一月十七、十八日發表「詩的意味」，支持關傑明的意見，強調詩的民族性與現實感的重要。接著就是一場主戰主和的爭論，結果關傑明揚長而去，詩壇有人建議反省、檢討，依然毫無結論。

六十二年七月龍族詩社出刊「龍族評論專號」，其特點在第二部份讀者訪問，訪問對象各行各業都有，有人表示了對現代詩的漠視與隔閡，有人重彈社會性、大衆化的老調，彷彿做了一次民意測驗，詩人們再次了解讀者讀詩的趨勢仍跟十五年前一樣。

八月，唐文標宣告現代詩死亡，觸發「唐文標事件」。唐文以尖酸、刻薄著稱，詩人深知其謬，鳴鼓而攻之（可參看陳芳明「檢討民國六十二年的詩評」）。這是近三年來現代詩壇外來的衝激，最重要的，再加上詩人自我的覺醒，晦澀之風漸息，步向短篇晶瑩，一片花飛的境界。

外來衝激，均有或多或少的誤解，詩人必須現身說法，夫子自道一番了。

四、自立時期

詩人兼營批評，雖非不得已，總有幾分無奈的感覺，洛夫在其最近出版的「洛夫詩論選集」自序中說：「有時候一個人總有某些不是別人可以搔到的癢處，如果別人搔錯了部位，輕則形成一種胼肢，令人發笑不已，重則留下一條帶血的爪痕，由癢而痛了。」別人搔不到的癢處，自己來搔較爲過癮。所以，顏元叔評過洛夫、羅門，洛夫、羅門必須爲文答辯，詩人客串評者，自屬

「份內之事」。（參見「洛夫詩論選集」自序，六六年一月開源出版公司印行）。

洛夫寫論主要乃在說明，甚至強調自己的詩觀，自己的美學認知。批評別的詩人，多少暗示了自己的存在，洛夫評論的詩人包括覃子豪、余光中、周夢蝶、管管、碧果、丁雄泉等，出版詩論集有二，五八年五月出版「詩人之鏡」（大業書店印行），包括「從金色面具到瓶之存在」，「天狼星論」兩篇，嗣後又將這兩篇選入「洛夫詩論選集」中。洛夫是少數寫詩好、寫論也好的詩人。詩人寫詩寫評，立人立己，總要有自己的經驗、自己的詩觀，最能貼合作者原意的，大約就是詩人爲詩人所寫的論評，如果依論評之優劣爲序，自立時期的詩人批評，包括洛夫、林亨泰爲重鎭，余光中、白萩、葉維廉、大荒爲羽翼的這一詩人羣。至於張默之以抒情意象描摹詩人詩境，則因手法不同，已於前一節中論述矣！

洛夫是詩人，詩人言詩，自有另一套說詞，譬如「覃子豪的世界」中，他認爲：「『第二自然』實爲詩人內在觀照時所發現的另一個世界，潛意識裏的世界，其深奧是不可思議。」「覃子豪在詩中求證著另一個夢幻世界，一個由現實生活中接觸的一切物象所反射與提昇的一個幽微世界。」如非詩人與詩人，自難在詩的另一個世界相感通，這是詩人論詩的專利，洛夫論詩的第一個特色。

「我們可以聽出一個孤寂心靈的呼聲，可以看出詩人企圖把世俗中悲苦的自我提升到一種超形體，超個性，使不可能成爲可能的境界。」這指的是周夢蝶。

「寫詩，對他永遠是一種燃燒，一種過癮，一種精神上的自瀆。他無傷的揶揄別人，也輕微的嘲弄自己，但他不是一個像刺蝟一樣孤獨的絕對論者，他有一幅荒蕪而動人的臉，他的天地中自有其月明星稀，鳥語花香。他也不是一個載道的詩人，讀者不可能在他的詩中找到哲學的意義，一個直覺的生命就是他的道，他的詩。」不用說，這是管管。這是洛夫論詩的第二個特色，善於捕攫詩與詩人的眞蹟，了然各家殊異的特質，進入其中，出乎其外。至於洛夫文字的犀利，用語的精練準確，更不在話下。

與洛夫論評相類的，竟是詩觀、詩法並不相同的余光中，余光中側重「點」的擷取，洛夫則鼓動「面」的振盪，余光中落筆輕快，擧例適切，洛夫行文沈潛，論述豐盈。余光中多了一項優點：親切，所論多爲年輕詩人，方莘、方旗、施善繼、羅青等，勇於預卜未來。至乎對詩人的了解，則與洛夫同樣深入。余光中論評集「掌上雨」出版於民國五十二年。

林亨泰所代表的批評手法，則與此稍異，五十七年元月出版「現代詩的基本精神」（笠叢書之一），其副題爲「論眞摯性」，從人類天賦中的另一極限（表示著貧弱一面極限）的眞摯性，分析瘂弦、商禽用語、詩法的不同，洛夫「石室之死亡」的「以全世界爲舞台，全人類之心情爲心情」的「大乘的寫法」，呼籲創作世界的詩，乃至人類的詩，開拓中國詩向世界詩壇躍進的道路爲結論。林亨泰以既定理論去尋求現成詩例，理路清晰，脈絡分明，只是語勢的貫串未能一氣呵成。

白萩評詩集、序詩集的文章短，主題單一，如以「音樂性和雕塑性」「音樂性和繪畫性」論覃子豪的「海洋詩抄」至「向日葵」，以「抽象‧殘缺‧美的品性」評黃荷生「觸覺生活」（見「現代詩散論」，六一年五月三民書局印行），據概略印象發展自己的詩思，所評詩集成爲梯階，似乎又是另一種批評方法。到了葉維廉歸納眾多詩句，撰成「中國現代詩的語言問題」（見「秩序的生長」，六〇年六月志文出版社出版），則是以評爲論，遠離我們先前所定的批評的範疇了。

五、批評時代的來臨

批評時代的眞正來臨，似乎要等到蕭蕭、陳芳明、張漢良先後崛起詩壇，各據一方，陳慧樺、古添洪、李弦、周寧、掌杉、渡也、蔡源煌、李瑞騰、王灝等推波助瀾而後形成氣候。

張漢良，山東臨清人，民國卅四年生，臺灣大學外文系畢業，中華民國比較文學博士。自「創世紀」復刊後，卽陸續在該刊上發表論評，如「論詩中夢的結構」「論詩的意象」「從戲劇的詩到詩的戲劇」諸論文，均能從西洋文學理論吸取適當的學理，妥切評介中國現代詩。實際應用於評述現代詩時，更能發揮李英豪、顏元叔的長處，避開了他們不能兼顧的缺失，傑出的作品如「論洛夫後期風格的演變」（發表於「中外文學」第二卷第五期），從內容的尋求到技巧的探研，面面俱到，是所有評述洛夫的文字（大約三十五篇，三十多萬字），最具價值的一篇，足爲現代詩批評的重要範式。其次「現代詩的田園模式」（發表於「中外文學」第五卷第三期，爲「八十年代詩選」序），指出近十年來的詩壇，普遍顯出田園模式（Pastoralism）的各種變奏，他認爲田園詩除了指田園的或鄉土的背景，謳歌自然的題材以外，還要包括詩人對生命的田園式觀照與靈視，諸如對故國家園、失落的童年，乃至文化傳統的鄉愁。這種試圖以「田園範式」籠罩十年間的詩作，誠屬大膽，亦非定論，但終究須有穎悟之智，綜合之功，始克達成。其評論集「現代詩論衡」已由幼獅公司出版。

陳慧樺起步很早（星座詩社時期卽已寫詩），但所論不多，重要作品大多收入「文學創作與神思」（六五年六月國家書店印行），與古添洪同爲「大地詩社」重要評論家，論點不及張漢良精鍊，析釋則比他詳確，陳、古兩人最近均注目於「中國神話」的研究及發展，或能爲現代詩的批評開創另一個新局面。借用西洋文學理論，銓品中國現代詩的評者尙多，年輕一輩的蔡源煌就是一個代表，「從顯型到原始基型——論羅門的詩」（見「中外文學」第五卷第九期），已能掌握理論與所評對象之間的聯繫，這條路子可能將有更多的人去拓展。

不同的批評路子卻由蕭蕭走踏出來。蕭蕭，師大國文研究所碩士，鑽研古典詩詞而能啣接現代詩，蕭蕭雖非第一人，卻最引人矚目。從「詩宗社」時代寫評開始，他卽以三萬字細察洛夫的五十行詩「無岸之河」，他的批評是經由中國源遠流長的詩史正步而出。「鏡中鏡」評論集（六六年四月幼獅公司出版）書前提要指出，蕭蕭的評論具有三點特殊的意義：「現代詩的創作、批評，一直未能超脫『橫的移植』的陰影，至蕭蕭始予廓清，純然站在中國本位的立場，肆力伸延詩經以降的詩思、詩法，此爲意義特殊之一。中國詩話一向是卽興式的、印象式的、史傳式的，如火花一閃，『鏡中鏡』則脈絡分明，秩序井然，是細膩的描述，精確的圖繪，允當的評鑑，現代詩評至蕭蕭而篇幅加長，而有圖表析證，此爲意義特殊之二。蕭蕭俯腰去體察、去貼近詩人原意，循此豐富詩的內涵，揆撥詩的眞貌，所以有人說：『詩人是新秩序的建造者，蕭蕭則是此一新秩序的發現者與詮釋者。』此爲意義特殊之三。」這三點意義頗能透露其批評的模式與特長，姑且引述於此。

認同蕭蕭這種評述方法，青年論者中大約還有李弦、掌杉、渡也、周寧等人。李弦與掌杉分屬於「大地詩社」及「詩人季刊社」，均爲其詩刊評論的佼佼者。渡也的「新詩形式設計的美學基礎」（連載於「中華文藝」六八——七〇期）更能穩穩掌握現代詩新境界的砌築過程，是一部從分析中獲得的現代詩方法論，其潛藏之功力不可忽視。周寧的「或許這才是管管應該走的方向」（「中外文學」第一卷第十期），表現出平實、分析與能耐，似乎可以代表蕭蕭以至周寧等人中國式、溫和的批評態度。

相反的，陳芳明的筆鋒常帶殺氣，從「鏡子和影子」到「詩和現實」（六六年二月洪範書店出版），筆尖一直指向他心目中所謂的超現實主義者的詩。陳芳明力倡詩的社會性，詩要大眾化，因此，批評眞是一把刀的話，陳芳明的刀特別銳利而且偏鋒。顏元叔、管黠、葉維廉、張默、洛夫的評論，碧果等創世紀部份同仁的作品，都在陳芳明「戰而不論」之列，這樣舞刀弄槍的結果，爲詩壇頻添茶餘飯後談笑之資，引來更多的話題而已，倒是陳芳明實實在在的幾篇評詩文字也因此被淹沒了。

陳芳明對詩的純批評工作，大約只針對三個人，第一個是余光中（兩本論集中有四篇評余光中：冷戰年代的歌手，一顆不肯認輸的靈魂，拭汗論火浴，回頭的浪子），第二個是楊牧早期葉珊時代的作品（包括：燃燈人，眞和美的情詩，一點螢火從廢園舊處流來，初識葉珊，兩岸的對話），第三個是龍族詩人（林煥彰、施善繼、辛牧），視野較爲狹窄論點自然集中。陳芳明所評所論，頗能顯示他對詩的主張，現代詩人果眞有所謂「社會詩人」，陳芳明即是他們的代言人。

現代詩批評時代的來臨，只憑上述幾位青年評論家，或許還不能算是十分周全，至少應包含下列兩項：

第一，詩史的整理：葉珊主編的「現代詩回顧專號」（「現代文學」第四十六期，六十一年三月出版），刊載了現代詩社、藍星詩社、創世紀詩社的回顧，是一個好的開始，瘂弦一直在做的「新詩史料掇拾」，「笠」詩刊連載的旅人編的「中國新詩論史」，「詩人季刊」連載，蕭蕭撰述的「從紀弦到蘇紹連」，都在爲整理詩史的發展而努力。此外，目錄的編輯也方興未艾，民國五十五年「星座」詩刊春季號與夏季號發表一份「自由中國詩集目錄彙集及補遺」，「現代文學」第四十六期又加以刊佈，「書評書目」雜誌第十四、十五、十六期，邱隆發編撰「二十五年來現代詩總目錄」（六十三年六月至八月出版），「龍族詩刊」逐期輯錄的「中國現代詩壇目錄」、「創世紀」詩刊三十八、三十九期發表的「現代詩季刊各期目錄彙編」，四十二期刊載瘂弦編的「民國以來出版新詩集總目初編」，六十五年二月「書評書目」出版社印行林煥彰編的「近三十年新詩書目」、「詩人季刊」第六、七期，李仙生與莫渝又補其遺，「書評書目」第二十六期（六十四年六月）刊佈莫渝收輯的「近二十年外國詩集詩選詩論詩人傳記中譯本書目」，都顯示了現代詩史料為人所重視，史的整理與批評正為詩評者所關心。

第二，詩人的專論：詩人的專論目前尚未有專書出現，據所知，陳芳明的余光中研究，羅青的瘂弦研究，蕭蕭的洛夫研究，都正在撰述中，期盼這些專論早日完成，期待更多有成就的詩人，好的詩作，有人論列。

現代詩的批評時代確已來臨，我們寄望創新的批評方法，嚴肅的批評態度，更寄望傑出的偉大詩作，共同推湧出批評的顛峯時代。

六十六年四月寫於田中鼓山寺前

原載六十六年六月「中華文藝」詩專號

紀弦與現代詩運動

紀弦，中國現代詩史上第一個響亮的名字！

民國三十八年，政府遷臺，新詩的大陸時期隨卽告終，部份詩人東渡海島，開創中國詩另一個新的局面，新的機運。最初三四年，國是、生活、心境都在風雨飄搖中，新詩的創作乏善可陳，形式上仍未脫離格律詩的型態，內容則因生存環境的特殊，一部抒發個已的傷懷思情，一部份高昇昂揚的鬪志，爲時代而歌，爲民族而唱。前者篇幅較小，後者規模稍大，論技巧則同屬平舖直敍，無甚可觀。當時發表詩作的詩刊，只有「自立晚報」副刊上的「新詩週刊」，由覃子豪、葛賢寧、李莎、鍾鼎文等人主持。

一直到民國四十一年八月一日，第一本獨立出刊的詩雜誌才問世，可惜只出版了一期，刊名「詩誌」，紀弦主編，十六開本。翌年春天，紀弦創辦「現代詩」季刊，此後整整十一年，「現代詩」季刊出齊了四十五期，（從民國四十二年二月一日到五十三年二月一日），紀弦播下了「

現代詩」的種子，也奠立他在文學史上「現代詩運動」先驅者的地位。

紀弦，本名路逾，字越公，自稱是漢代儒學家路溫舒的後裔❶，陝西人，民國二年四月二十七日生於保定府，蘇州美專畢業。民國十八年，還是一個十六歲少年的紀弦，就開始寫詩了，他說：「詩是我的宗教。我是爲詩而活著的。」❷，民國二十五年，二十三歲的紀弦，以「路易士」的筆名活躍於上海詩壇，曾與戴望舒、徐遲等人發行「新詩」雜誌，戴望舒爲三十年代現代派的主將，引介象徵主義不遺餘力，因此，紀弦之倡導「現代詩」，成立「現代派」，以爲「世界新詩之出發點乃是法國的波特萊爾。象徵派導源於波氏。其後一切新興詩派無不直接間接蒙受象徵派的影響。」❸顯然是其來有自。

「現代詩」創刊於四十二年二月，次年六月，有覃子豪者商洽「公論報」副刊每週四登載詩作，是爲「藍星週刊」，四十三年雙十節，張默、洛夫、瘂弦三人在左營成立「創世紀」詩社，發行詩誌，現代詩壇頓時顯現蓬勃之生機，煥然有神，這不能不歸功於紀弦刊行「現代詩」引發的觸媒作用。

「現代詩」完全由紀弦一人所支撐，社務、編務隻手獨攬，所以，發行人兼社長是路逾，編輯人兼經理是紀弦，名不同實同，早期封面上印製「檳榔樹」一棵是另一證據。檳榔樹的修長、傲骨，頗得紀弦心儀，紀弦自選詩卷之三以後，卽以「檳榔樹」甲集、乙集、丙集……爲名，他認爲有下列三個原因促使他這樣做：

一、我愛檳榔樹；

二、我像檳榔樹；

三、我寫檳榔樹。

他說：「因爲檳榔樹常給我以創作的靈感，乃是我主要的感興之所在。」[4]實際上，檳榔樹與紀弦在詩中已相合爲一，詩題云：「我：檳榔樹」，「檳榔樹：我的同類」，可以看出紀弦急以檳榔樹自況的心情！

我：檳榔樹

在月下，
我站著，
修長的，
像一株檳榔樹。
風來了，
我發出音響：
瑟瑟瑟瑟，
瑟瑟瑟瑟瑟。

更重要的，檳榔樹的挺立、崇高、不屈和傲岸，頗能象徵紀弦的人格、個性。紀弦的詩，有一部份很明顯的是自我的畫像，展現獨來獨往、果敢倔強的精神，他自己認爲最滿意的兩首是「狼之獨步」與「過程」❺：

狼之獨步

我乃是曠野裡獨來獨往的一匹狼。
不是先知，沒有半個字的嘆息。
而恆以數聲悽厲已極之長嗥，
搖撼彼空無一物之天地，
使天地戰慄如同發了瘧疾；
並刮起涼風颯颯的，颯颯颯颯的：
這就是一種過癮。

過程

狼一般細的腿，投瘦瘦、長長的陰影，在龜裂的大地。

荒原上
不是連幾株仙人掌，幾棵野草也不生的；
但都乾枯得、憔悴得不成其爲植物之一種了。
據說、千年前，這兒本是一片沃土；
但久旱，滅絕了人煙。

他徘徊復徘徊，在這古帝國之廢墟，
捧吻一小塊的碎瓦，然後，黯然離去。

他從何處來？
他是何許人？
怕誰也不能給以正確的答案吧？
不過，垂死的仙人掌們和野草們
倒是確實見證了的：

多少年來，
這古怪的傢伙，是惟一的過客；

他揚著手杖，緩緩地走向血紅的落日，
而消失於有暮靄冉冉升起的弧形地平線，
那不再回顧的獨步之姿
是多麼的矜特。

紀弦以這種高傲，獨斷的氣魄，領導現代詩運動，其過程好像聲勢浩大，如火如荼，究其實，紀弦仍然是寂寞的，曠野裡獨來獨往的一匹狼而已。這裡，我們將紀弦的現代詩運動分為四大階段加以敍明，他在現代詩史上的評價大半要依此來鑑定：

第一階段：現代派的成立

現代詩刊自第一期至第十二期，頗為踏實地刊登早期現代詩壇重要詩人的作品，厥功至偉。除了方思、鄭愁予、楊喚以外，後來屬於「創世紀詩社」的瘂弦、洛夫、商禽（羅馬）、季紅，屬於「藍星詩社」的蓉子、羅門、周夢蝶，屬於「笠詩社」的吳瀛濤、林亭泰、白萩等人，都在此一時期的現代詩刊嶄露頭角，紀弦所謂的「大植物園主義」，至少在這個時候，百花齊放，眾鳥爭鳴的現象是和諧的，兼容並蓄的。其後，詩壇卽成為多事之地，裂土自封，擁兵坐大的局面，隨處可見，詩壇要有另一次的結合，大約是民國五十九年「詩宗社」成立時，然而，那又是另一種殊異的景象了。

即使是以紀弦為首的「現代派」宣告成立，也未必是詩人羣精神上的結合。

「現代詩」第十三期，於民國四十五年二月一日出版，距第一期創刊，剛好整三年，這一期的出刊具有非凡的意義，根據載於封面裡的「現代派消息公報第一號」報導：現代派詩人第一屆年會，於四十五年元月十六日下午一時半假臺北市民眾團體活動中心舉行，宣告現代派正式成立，發起人是紀弦，並有九人籌備委員會協助，這九人是葉泥、鄭愁予、羅行、楊允達、林泠、小英、季紅、林亨泰、紀弦。

緊接著，第一頁即刊佈加盟者名單，共八十三名。元月五日發出一百二十份通報，元月十六日統計結果，九人表示不參加，四人表示同情，二十四人未回信，八十三人加盟，聲勢不可謂不大，茲誌「現代派詩人羣第一批名單」如次：

丁穎、丁文智、于而、小英、方思、王容、王牌、王璞、王裕槐、史伍、世紀、田湜、白萩、古之紅、田鯍祿、沉宇、李冰、沙牧、李莎、巫寧、辛鬱、吳永生、吹黑明、吳慕適、阿予、邱平、青木、林泠、季紅、亞倫、依娜、秀陶、林亨泰、金鈴子、紀弦、思秋、春暉、風遲、胡德根、流沙、秦松、夏秋、唐突、徐礦、孫家駿、唐劍霞、彩羽、張航、曹陽、梅新、麥穗、尉天驄、黃仲琮、張秀亞、張拓蕪、陳奇萍、黃荷生、陳瑞拱、陳錦標、傅越、舒蘭、蜀弓、葉泥、楊允達、蓉子、綠浪、銀喜子、劉布、黎冰、蓮松、德星、魯蛟、魯聰、蔡淇津、鄭愁予、盧弋、靜予、錦連、戰鴻、謹烱、羅行、羅門、羅馬。

第十四期於同年四月三十日出版，「現代派消息公報第二號」報導：又有十九人加盟，連前八十三人，共一百零二人。這十九人是：小凡、平沙、余玉書、李漢龍、林野、姑子律、星辰、奎昊、馬郎、涂大成、張爲軍、曹繼曾、項傑、楓堤、蔣篤帆、薛志行、薛柏谷、盧莎、蘇美怡。

一百零二人的結派，當屬詩壇盛事，引人注目，自在意中，雜文作家「寒爵」撰文責難❻顯示了社會一般人士對現代詩壇的反應，也證明了紀弦轟轟烈烈的結派運動引起廣泛的注意。現代派的宣告成立，是劃時代的創舉，引發詩人相結合，相激蕩，奮力寫作的決心，招引社會的注視與關心，這是它在現代詩史上的存在意義。但是，如果我們注意它的成員，可以發現兩項缺憾：其一、成員複雜，水準不整齊，品第不相容，這個缺憾，使得現代派詩人羣步調無法一致，影響派內團結，洛夫在「中國現代詩的成長」（中國現代文學大系詩序）中，認爲現代派之所以始盛終衰，在尚未發生更深遠之影響前卽在無形中解體，其主要因素之一卽指此而言，他說：「現代派成立之初雖人多勢眾，風雲一時，但其中除部份詩人外，大多對現代主義的本質與精神無深刻之體認，在氣質和風格上彼此尤不相洽……！似此精神不同，風格互異，又如何求其貫徹現代化的目標。」❼誠爲缺失。當時某些重要詩人，如覃子豪、余光中、瘂弦、洛夫等均未參加，實乃憾事，否則必定如虎添翼，現代詩運動將更臻完善矣！其實，此時詩社之間壁壘分明已經十分顯朗，此後愈演愈烈，更加不可收拾。

「現代派」之成立，以「領導新詩的再革命，推行新詩的現代化」爲職志，曾發佈他們的「六大信條」：

第一條：我們是有所揚棄並發揚光大地包容了自波特萊爾以降一切新興詩派之精神與要素的現代派之一羣。

第二條：我們認爲新詩乃是橫的移植，而非縱的繼承。這是一個總的看法，一個基本的出發點，無論是理論的建立或創作的實踐。

第三條：詩的新大陸之探險，詩的處女地之開拓。新的內容之表現，新的形式之創造，新的工具之發現，新的手法之發明。

第四條：知性之強調。

第五條：追求詩的純粹性。

第六條：愛國。反共。擁護自由與民主。

檢討這六大信條，可分三部份來論列，首先，第一二條肯定中國現代詩的發展源於橫的移植，標舉波特萊爾爲現代派始祖，完全拋除中國古典文學傳承，這是錯誤而大膽的信念。試觀詩經以降的中國詩史，幾次巨大的外來文化的衝撞：北方「詩經」與南方「楚辭」在有漢一代相互激盪，南北朝印度佛教文化輸入，蒙古新腔催生了元曲，清末民初西學勃興，顯然都曾產生了深遠的影響，但我們只能說這是「進步的累積」（Progressive cumulation），或「接合的累積」（Agglutinative cumulation），如果眞要說成「累積演化爲取代」（Cumulation becoming substitution），也要記得累積是一種歷程，是一種事後的結論，不是事前的預言。再察當時詩壇譯介波特萊爾以降的一切新興詩派之精神與要素者並不多，結盟的一百零二人大部份不確切了解他們所執持的是什麼，從創作上來看，更無法證明中國現代詩與現代主義之間的血緣關係，這是現代派自述淵源的不當。

其次，信條的第三、第四、第五，則鼓吹新的表現方法的嘗試，強調知性的抬頭，放逐情緒，追求詩的純粹性，這三點，強而有力地影響現代詩壇至少十五年。新方法的發掘與啟用，使現代詩展現了各種殊異的面貌，知性的抬頭，則加深了現代詩難以喻解的艱深及晦澀程度，詩的純粹使詩人遠離現實，棄絕大眾，雖然也因此產生許多絕佳的詩篇。

再其次，以「愛國，反共」爲現代派信條之一，稍嫌造作，我們認爲：對國家民族的文化承繼，創新，改造與維護，是每一個國民的責任，本來不需特別提舉。也由此可見出「六大信條」不够精鍊，不够鮮明，因而產生紀弦與覃子豪、黃用、余光中之間的論戰，期使詩理因論而富，因辯而明，乃是必然的趨勢。

第二階段：現代主義論戰

的序幕。

四十六年，「藍星詩選獅子星座號」登載覃子豪的「新詩向何處去？」❽掀開現代主義論戰

「新詩向何處去？」這篇文章，是因爲有感於現代派的六大信條而發，但不是針對六大信條而寫。覃子豪指出：「詩人們懷疑完全標榜西洋的詩派，是否能和中國特殊的社會生活所鍥合，是一個問題。」「若全部爲橫的移植，自己將植根於何處？」「抒情在詩中，是構成美的主要因素。放逐抒情的論調，是受了西洋詩理性重於情感的主張而產生的偏激心理。」這些言論，顯然是因六大信條而起，但覃子豪還有更積極的「六原則」，這六原則是覃子豪因當時新詩的流弊而提出的六點意見：

第一、詩的再認識。以爲「詩的意義就在於注視人生本身及人生事象，表達出一嶄新的人生境界。」

第二、創作態度應重新考慮。考慮「在作者和讀者兩座懸崖之間，尋得兩者都能望見的焦點，這是作者和讀者溝通心靈的橋樑。」

第三、重視實質及表現的完美。

第四、尋求詩的思想根源。

第五、從準確中求新的表現。

第六、風格是自我創造的完成。

覃子豪的六原則引來紀弦的兩篇萬言長論，其一「從現代主義到新現代主義」（發表於「現代詩」第十九期，四十六年八月出版），其二「對於所謂六原則之批判」（「現代詩」第二十期，四十六年十二月出版），前一篇文章立論的要點，修正為：新詩橫的移植是由於史實的考察，接受外來影響須經吸收和消化之後變為自己的新的血液，現代主義是革新了的，揚棄其消極的而取其積極的，可以稱之為後期現代主義或新現代主義。仍然堅持的則是：「詩的本質不是散文所能表現的詩情，而是散文所不能表現的詩想。」繼續唾棄抒情主義，強調知性。至於後一篇「六原則」之批判，紀弦不表贊同的是第一、第二兩原則，他仍認為現代派重視技巧，重視詩本身的把握與創造，詩人的任務只在於詩本身的完成。其後的四個原則，紀弦與覃子豪並無顯然的敵對意思存在，意氣之爭而已。

在這兩篇文章發表之間，「藍星詩選」第二輯出版，黃用發表「從現代主義到新現代主義」，羅門發表「論詩的理性與抒情」，紀弦則在四十七年三月出版的「現代詩」第二十一期提出反擊：「多餘的困惑及其他」，紀弦否認自己是一個超現實主義者，說現代派要揚棄的是超現實派的自動文字，象徵派的韻律及自由韻文，主張不妨以理性控制超現實精神，以象徵的手法處理潛意識，黃用則認為主知與抒情，紀弦本身不夠澈底現代化，創作方面捨不得丟棄傳統的抒情主義，同時提出：如何將一切新興詩派的精神、特色加以揉合包容的問題？這是紀弦所最無法自圓其說的。這點，覃子豪在「關於新現代主義」（原刊於「筆滙」二十一期，收入「覃子豪全集Ⅱ」）

文中，結論爲：「現代派所犯的錯誤，就是沒有從象徵派以降的許多新興詩派中去整理出一個新的秩序，把握時代的特質，創造一個更新的法則，作爲前進的道路。」

針對「關於新現代主義」一文，紀弦發表了「兩個事實」「六點答覆」[9]，仍堅持現代派不以歐美新興詩派中任何一派的理論爲根據，亦不以各派理論之混合爲理論，只是取其長，去其短，但何者爲長，何者爲短，並未指明。在「六點答覆」中則贊同爲人生而藝術，但其出發點必須是「無所爲」而爲。

現代主義論戰至此告一段落，其後，余光中在「藍星」週刊二〇七及二〇八期刊登「兩點矛盾」，紀弦在：「現代詩」二十二期反駁，題爲「一個陳腐的問題」，火氣太大，言語乖張，已失掉論辯的意義。這時是民國四十七年年底。

第三階段：現代詩的古典化

新詩的再革命，紀弦將它劃分爲三個階段。

第一個階段，卽「轟轟烈烈如火如荼的自由詩運動。而其革命的對象則係傳統的格律主義，低級的音樂主義，韻文至上主義，以及『韻文卽詩』之詩觀。這乃是以打倒形式主義爲目的的詩形之革命，以散文取代韻文的文字工具之革新。」

第二個階段，指「曾經惹起有名的『現代主義論戰』的現代詩運動。」

第三個階段，即爲現代詩的古典化。

這三階段的劃分是民國五十年夏秋之際所提出的⑩。早些提到「新詩再革命」的不同階段行動，一次是四十七年（「現代詩」第二十二期：「一個陳腐的問題」），一次是四十九年（「現代詩」第二十四、二十五、二十六期合刋：「新現代主義之全貌」），其時只分爲兩大階段，前期爲自由詩運動，即詩形的革命，後期爲現代詩運動，即詩質的革命。尤其「新現代主義之全貌」是現代主義論戰停火後一年半的作品，可以視爲第二階段「現代詩運動」積極有力的擎天之柱，此文的寫作結構疑係「現代詩的特色」（「現代詩」第十五期，四十五年十月）擴充而來，是紀弦現代詩論的最重要作品，我們留待第二節中敍明。

至乎「現代詩的古典化」運動，紀弦在「從自由詩的現代化到現代詩的古典化」文中曾提出：僞現代詩有三大毛病，其一是新形式主義，其二是縱慾的傾向，其三是虛無主義的傾向，似乎對「現代詩」已有所不滿，埋下取消「現代詩」之名的伏筆。

「古典化」具有什麼意義呢？「關於古典化運動之展開」闡明了四點道理：

第一，古典化並非「古典主義化」的意思。而是要讓現代詩成爲「古典」，即所謂「永久的東西」，而不僅是「一時的流行」而已。

第二，現代詩反傳統，是就形式、工具、詩法、詩觀而言；至於前人之眞精神，應當繼承下來並發揚而光大之。

第三，現代主義者的使命，積極的在於「新傳統」的建立，消極的在於「舊傳統」的揚棄。

第四，「古典化」之另一重大意義在嚴肅詩人的人生態度。

以這四點意義來看現代派的六大信條，紀弦執持的理論顯然修正了很多，反傳統的呼聲微弱了些，文學是人生的批評的觀念被推舉起來。這時的紀弦大聲指斥某些自欺欺人的「冒牌的現代詩」，「僞現代詩」的名稱一出現，紀弦的現代詩運動步入終結的階段。

第四階段：取消「現代詩」

從民國五十年開始，紀弦厭惡現代詩的情緒已經逐漸昇高，「新形式主義之放逐」（五十年夏）對於現代詩行的排列早啟不滿情緒，「袖珍詩論拾題」（五十年秋）第六題即爲「現代詩的偏差」（新形式主義，縱慾主義，虛無主義），寫「工業社會的詩」時率直指出：「正在流行著的那些騙人的僞現代詩，不是我所能容忍所能承認的。諸如玩世不恭的態度，虛無主義的傾向，縱慾，誨淫，乃至形式主義，文字遊戲等種種偏差，皆非我當日首倡新現代主義之初衷。」（「現代詩」第三十七期，五十一年二月），到了五十二年七月所寫的「我的現代詩觀」，大聲疾呼的，仍然是：「只要它是一首主知的詩，使用噪音，無法朗誦，不給人以聽覺上的滿足，也還是不失其爲現代詩的，何必一定要在詩的外貌上去標新立異呢？」「現代詩是人生的批評，不是現實的游離，它是健康的，不是病態的。豈可虛無？不可虛無！」[11]。

紀弦對現代詩的偏差，頗有糾正無力的感覺，即使呼籲詩人「回到自由詩的安全地帶來吧！」似乎再無創立「現代派」那種強盛的勢力。

五十四年五月，紀弦在「公論報」副刊發表「中國新詩之正名」，五十五年四月二十四日在「徵信新聞報」（「中國時報」之前身）與「中國文藝協會」聯合舉辦的座談會上發表談話，揚言取消造成詩壇重大偏差的名稱——「現代詩」三字，目前可看見的資料是紀弦寫給趙天儀的信，編入張默主編的「現代詩人書簡集」（普天出版社，五十八年十二月出版）。

紀弦長達九千字的信，歷述自己寫詩，提倡現代主義的經過。抨擊「新形式主義」、「新虛無主義」者所寫的現代詩：認為當時詩人所寫的現代詩不是他心目中的現代詩，發誓永遠不再使用這三個字。他認為「自由詩」與「現代詩」同樣使用散文，採取自由詩形，講求新的表現手法，不同的是自由詩的散文多半是節奏的，現代詩則是非節奏的，將以「新自由詩」的名稱取代「現代詩」。

其實，一種文學運動的形成與發展，重要的不在於名稱如何訂定，如：詞，可以稱為「詩餘」，可以稱為「長短句」。紀弦不謀求現代詩應該走向什麼樣的目標，繼續輔導青年詩人踏上正途，反以現代詩播傳者的領導地位，輕言毀棄，徒增現代詩壇困擾。

附註

① 參見「紀弦回憶錄」，六十五年六月號起「文壇」月刊連載。

② 見紀弦自選詩卷之一「摘星的少年」自序。

③ 見「現代派信條釋義」第一條，原載「現代詩刊」第十三期。

④ 見「檳榔樹甲集」自序。

⑤ 「檳榔樹丙集」自序云：「我寫了『狼之獨步』與『過程』。什麼祭酒，盟主，理監事啦，主席的，我一概不屑，我有所不爲。」按：「狼之獨步」與「過程」，收在「檳榔樹丁集」，民國五十三年與五十五年的作品。

⑥ 寒爵雜文「所謂現代派」，原載「反攻」雜誌一五三期。紀弦「對『所謂現代派』一文之答覆」，刋「現代詩」第十四期。

⑦ 見「中國現代文學大系」詩序。（巨人出版社出版）

⑧ 「新詩向何處去？」及「關於新現代主義」均收入「覃子豪全集Ⅱ」。

⑨ 「兩個事實」刋登於「現代詩」第二十一期，「六點答覆」發表於「筆滙」第二十四期。

⑩ 紀弦「從自由詩的現代化到現代詩的古典化」「關於古典化運動之展開」，分別發表於「現代詩」第三十五、三十六期。這兩篇文章是現代詩古典化的重要論文。另有「魚目與眞珠不是沒有分別的」則刋在第三十八期（五十一年五月出刋）。

⑪本節所引各篇詩論，均收入「紀弦論現代詩」一書，藍燈出版社五十九年一月出版。

六十六年六月寫於田中鼓山寺前

原載「詩人季刊」第八期

始於自塑　終於動人

——評「落日長煙」

陳義芝「落日長煙」的意象，大約取自王維的：

大漠孤煙直
長河落日圓

「大漠孤煙直」是一句好詩，以簡短的字句橫陳廣袤的視境，引昇悲涼。漠，沙漠；平整、空曠、萬里綿亙、一望無際。空茫的大漠無法感覺自然生命的存在與躍動，是生命歸零的死寂地域。漠，在感情上「缺水」、「寂寞」、「淡漠」，是情意隔絕，不相感應的乾旱狀態。這時，大漠之上昇起一縷孤煙，煙之孤因漠之大而愈形其孤。煙，應該是「狼煙」。煙而直，顯然無風，無聲。煙而直，也暗示著煙的緩升而上，靜寂中惟一的生氣。循著這縷孤煙，讀者心中浮現出：塞外的荒涼，戍卒的孤苦，推遠一點，耳邊彷彿響起急促的戰鼓，萬馬的奔騰，飛砂，走石的呼嘯，這些都因爲孤煙直而沈寂，而倍覺冷肅。

「長河落日圓」，頻添了獨立在悠悠天地中的一份悵然，長河的奔蕩自是夜以繼日，滾滾而來而去，就像人世的奔波，戎馬的倥傯，戰亂的流離。而當「河」用「長」字爲飾，因爲空間距離的推廣，浩浩蕩蕩的聲音也因此被拉遠了，隱約在讀者的心耳中。「落日圓」則氣清野曠的景象自不待言，長河的動感意象，因爲落日「圓」的靜與定，而取得心理上的調和，「落日」，在時間上是一天的結束，在事件上，可以象徵一切悲歡離合的落幕，落日「遠」，這一些都離人而遠去，大自然的諧合，寧謐，暫時收拾了人間的紛爭，然則，夕陽的紅，落日的圓，似乎又暗示著戰役的熾烈，命定的循環了。

陳義芝從這兩句詩中擷取「落日長煙」，應該具有甚麼樣的意義？「大漠」、「長河」的廣大背景，在目前已經遠離我們生活的時空，塞外風寒的景象移轉爲江南鶯飛草長的溫暖，邊塞戍守的型態改變成海島枕戈待旦的局勢，陳義芝的「落日長煙」伸向現實生活不同的兩個層面，陳義芝的煙是「長煙」，不是「孤煙」，不孤而長，則其情思的綿邈如煙之裊裊不絕；長而不孤，則其關切的周延如煙之無所不至。這兩個層面大約是年青的陳義芝在「落日長煙」詩集中所極力伸延的，確實也展露了落日沈墜裡長煙的不盡風華，以及長煙升起時落日的深沈哀歌。

譬如「思」與「念」都是曼妙的煙縷：

思

一樹桑葉青青，養隻蠶
吐絲
天明日暮
炊煙裊裊
在風裡縛住自己
化成蛾
飛出
留下一孔親自啃嚙的創痕

念

一夜，恍惚
露輕聲滴嗒
驚醒
仍以珠圓凝住秋草的心

支頤

畫

一縷晨起的煙

煙的形象是輕柔的，煙的感情卻是愛的煎熬，一縷炊煙裊裊而起，留下了一孔自啃的創痕，凝住了秋草的心（秋草的心，莫非就是一個「愁」字）！陳義芝的煙因爲豐盈的感情（如水）與外在的熬鍊（如火）相觸接而自然形成，如果只有水的多情而無火的燃燒，詩人容易在情意中流失，如果只有火的旺烈而無水的柔馨，詩人枯萎在困厄裡，所以陳義芝的煙是「淚落與不落間的一張臉」（「祭妻」中的詩句）。顯然，詩仍具有促使身心內外趨向和平的平衡力量，因爲「人性」的共通，詩人將這種平衡力量傳之於讀者，讀者藉此而趨向身心的和平，因此，我們贊同陳義芝的觀點：「一首詩的創作，始於自塑，終於動人。」（民國六十五年八月號「幼獅文藝」第二十二頁），如何自塑？如何動人？這是現代詩方法論的問題，至少就陳義芝處理感情而言，經過一番災厄，幻化出一朵微笑，正是動人處，「戀」允稱代表：

戀

翩然

飛出一隻蝴蝶
草莢裡掙出一朵花

短短的三句詩，描摹了戀的喜悅，戀的美，而蝴蝶翩翩然飛舞以前的一番蛻變，花放之前的一段掙扎，自然會在讀者心中各自建構不同的歷程，這種建構是舊經驗與新詩句的印證，是創作的參與，彷彿自己身歷閉鎖，擠壓的情境，久困其中，而猛然爲花，爲蝴蝶，那正是戀的歡欣與璀燦。這類短詩收集在「落日長煙」第二輯「蓮」之中，「蓮」輯的發表年月是六十五年一月至九月，寫作時間應在六十四年底，認識其妻小媛之後，感情屬於陳義芝自己，詩作卻能引人動心，此輯詩的意象純淨，如雨後芳華謝盡的花枝，逗人憐惜。

其實這種深入險苦之境，輕取逸美的感情給出方法，早在六十一年陳義芝首次正式發表詩作時，即可察其端倪，我們先看編入第三輯的「花季」最後五行：

從此星子都如郵票
在無數個盼望裡
舞成鵲橋兩岸的繽紛
或者只是經歷
一種石頭開花的試煉

「經歷一種石頭開花的試煉」，石頭開花，由最堅硬、頑固、陽剛的本質，而開出陰柔、芬芳、華美的特性，這是一種非常的試煉，從此不能不想起曹雪芹的「石頭記」，由頑至靈，而通人性，而蹈塵網，而超世俗，歸於空靈，這樣的過程，陳義芝將他演成「塵緣」，「塵緣」是六十一年暑期作品，當時他正參加復興文藝營活動，我們發現這一首詩確實展露了陳義芝做爲詩人的才情：

石頭記載著悠悠的生命
更鼓迴響在你心中
無法不憶記曾經杳逝的江水

這是開頭的三句，以石頭的冷硬襯托熱鬧、繁華的塵世生活，今日憶及，那繁華的日子已經成爲杳逝的江水，「江水」的意象在中國詩中一直是多愁的(如：「問君能有幾多愁？恰似一江春水向東流。」)，消逝的象徵(如：「大江東去，浪淘盡千古風流人物。」)，生命的愁憂、漫長，以及消逝的感覺，都因「江水」兩字而更爲加強。「更鼓迴響在你心中」，則午夜不眠的思與悔，很清晰地映現出來，「更」之爲「迴」是一節一節的歷史不斷地重演，「鼓」之爲「響」則咚咚的撞擊正扣住心情的激蕩。這三句詩顯然暗示了「塵緣」的繁複與未了。

第二節詩進入悟的過程。「只那麼輕輕一笑，靈山會上就有花放的訊息」，反用「大梵天問佛決疑經」拈花微笑的典故，原來是：佛祖拈花，迦葉微笑，如今則先是輕輕一笑，而復有花放的訊息，因此，「花放」就不一定指著具體的花的展示，而是悟的境界，春的象徵，其後五句即是補足這種境界的象徵：

「一山千石的姿態
一水萬里的聲音
一樹會笑的花
一條會歌的河
一棵菩提的悟」

就詩的語言而論，「一樹會笑的花」卻是本詩的敗筆，一首詩中，三次出現「笑」兩次出現「花」，意義相同，實爲不智。又：「一棵菩提的悟」則失之於顯露，如果改以「一棵長綠的菩提」去暗示悟境，是否更能拓展詩之意？

到了第三節詩以後，石頭復歸回「混沌」的原始，淚水、燈火、掌聲都被遺棄在兩岸，「你」逐漸遠去，陳義芝將詩以這樣的形式寫出：

慢慢地送
你

・遠・去・・・

在音韻和緩的效果上來講十分恰適，在視覺及意義上更能將那種一無反顧，遁世而去的落寞之姿表達出來。

整體來說，陳義芝的詩美在聲韻，例如有一首詩記述精神病院，題爲「故鄉的陰寒」，讀來令人覺得陰森恐怖，毛骨悚然，其動人處正在聲韻：

此地是你們的
「故」
鄉
你們是「故」

鄉的

陰寒

此外，陳義芝也有通俗性的作品。「你若回頭，應見一人細瘦，頻頻也回頭」，這是承繼中國古詩傳統的懷人詩篇，仍然十分婉約，收入「落日長煙」第五輯「你在遠方」的作品大約卽是此類，但未突出，現代詩人中只有張默贈人之作寫的最具特色。「搖擺四象」批判現實社會放浪形骸的一面，筆調輕快，成爲第六輯作品，這兩輯詩作是集中不屬落日不屬長煙的作品。

眞正展現陳義芝另一面貌的是第四輯「瞳中月」，第七輯「無言的嘴」，第八輯「苦難的薄餅」，屬於「實事」作品，與社會生活，國民生計息息相關，如前面所言，演化爲陳義芝「落日式」的雄渾與悲壯，這是另一種動人處。如果有煙，是嗌吭血痕的「硝煙」：

樹把棲著的鳥搖醒
遠方，風正以十指激射的嘯聲
掠過墳場
馬蹄踐踏在龜裂的塵土上
硝煙嗌吭血痕

——焚寄一九四九

「鄉愁印象」、「焚寄一九四九」刻畫民國三十八年中國的苦難，「哀歌」述記慕尼黑西元一九七二年奥運「黑色九月」慘案，「瞳中月」低吟不絕的是遠離廣大中國土地的鄉愁，題材是現實的。苦難中的中國人性、人情是共通的，陳義芝抒寫的手法是藝術的，足見詩的感人不一定要走進所謂鄉土文學的窄巷裡。

陳義芝關心自己，關心社會，關心國家，詩的觸鬚伸入的方向正確，有柔美的詩情，有正義的批判，有痛苦的呼聲，詩的題材多方面尋求，助使陳義芝試探妥切的不同表現手法。不同的題材宜有不同的表現法，在這方面，陳義芝雖已注意，仍須加強語言鬆緊的控制，消除過度的文言殘痕。至乎自序所言：「悲劇意義的探討及人性本眞的挖掘」，確是可以試著一走的路子，最近的詩作「狐疑」「怯懦」顯然刻畫了人性的兩個弱點。（但這不是挖掘，挖掘應該在平凡的人生現象翻撿出足以動人、醒人的異質，詩人的心眼要爭先讀者的心眼，高乎讀者的心眼。）

最重要的一點，陳義芝的詩中具有很深的嘲諷感，在挖掘人性的本眞上，這是最好的搭配。以題目而言，如搖擺四象分別題爲：「唇啟」、「眼媚」、「乳顫」、「臀擺」，嘲諷味道十分深濃。「養鴨人家」用來比喻教師，彷彿可以想見幌幌顫顫的老師酷似母鴨帶小鴨的模樣。「無言的嘴」不是爲妓女控訴生存的無奈與無告嗎？「無夫無妻記」的嘲諷大約是最深刻的一篇（以下節取第一幕）：

夫的煙在牌桌上嫋嫋
妻的煙在爐灶邊陣陣

……

夫陰寒的額因充血而跳出一道道紫紅
妻的臉則因貧血而泛青

……

夫在煙中搖頭
妻也在煙中
搖頭
終致
無
夫
無
妻

以夫妻不同的煙，引出賭博的害處，夫的煙是悠閒的心態，妻的煙是艱苦的表徵，夫的充血是賭的專注，妻的貧血是生的哀苦，夫在煙中搖頭是失敗的搖頭，妻在煙中搖頭是無可如何的搖頭，「終致無夫無妻」，以一橫行排開，煙霧的迷漫可以想見，這一陣煙蓋住了夫與妻，也暗示著夫妻在賭害中的相同命運。這些社會寫實的詩作，嘲諷感均極濃厚，即使在「哀歌」「苦難的薄餅」中，也有相似的嘲諷意味，自有其動人的力量在。

做爲一個詩人，陳義芝的才情並未完全抒展，五年的寫詩生活只是一個起步而已，我們期待他：

「爲萬里山河昇起一片長煙壯麗的景象！」

六十六年八月寫於拇指山下

載「青年戰士報」詩隊伍

那麼寂靜的鼓聲

——「靈河」時期的洛夫

一、洛夫寫詩緣起

中國現代詩的命脈在臺灣。臺灣的現代詩，無疑的，是承繼胡適以降中國新詩的再突破，再精進。「從紀弦到蘇紹連」的第一章「導言」中我曾指出：

「四十年代是一個黑暗的時代，細弱的雅正之聲在陰暗的角落；新詩的南遷是一次微不足道的變遷，卓犖的詩才在逃亡中夭死。而這一切正像一枚熟透的果實開始腐爛，唯有腐爛才能讓它的種子接觸大地，深入大地，生長新的一代，開出另一種花，結成另一種果。」❶

今天，繁花碩果的中國現代詩，呈現巍峩的雄姿，在現代文學中據有著相當的地位，這是現代詩人篳路藍縷，以啟以創所獲致。而在眾多受人注目的詩人羣中，我們願意推舉一顆光芒殊異的巨星——洛夫，來證明中國現代詩的成就。

洛夫，姓莫名洛夫，湖南衡陽人，民國十七年五月十七日出生。十八歲開始寫詩，到今年（民國六十七年）寫詩已有三十二年之久，如果從民國四十三年十月與張默、瘂弦創辦「創世紀詩刊」算起，也有二十五年歷史。二十五年中編輯出版的詩集七册：「靈河」、「石室之死亡」、「外外集」、「無岸之河」、「魔歌」、「洛夫自選集」、「眾荷喧嘩」等。後兩册，一為各集之選本，一為情詩選集，可以擱置不論。我們將從主要的五本詩集裏，研析洛夫不同的風貌，詭異的技巧，從而探討洛夫各種思想的成形，觀念的轉變，意識的流向，智慧的衍生，以及它們與時代相互撞擊所引發的意義與脈絡。

洛夫寫詩，應是抗戰勝利後，民國三十五年就讀私立嶽雲中學時的事。更早以前，十五歲時，初中生的洛夫曾以「野叟」的筆名，發表了他的第一篇散文「秋日的庭院」，發表在一家叫「力報」的副刊上。這時接觸的雜誌是「文藝春秋」。中國古典小說如「七俠五義」、「封神榜」、「西遊記」、「水滸傳」、「三國演義」等書，大約這時都已看了一遍，洛夫嚮往這種俠氣崢嶸蓋九州的氣概，日夜沉迷其中，這些俠義式的書籍影響洛夫的，應該是如杲日、如霹靂、如洪鐘的陽剛之氣，從此滋長。洛夫曾經表示，從小就對浪漫主義的作品不感興趣，小說方面，像當時很流行的「茶花女」、「少年維特之煩惱」根本就看不下去，反而喜歡「屠格涅夫」和「陀斯妥也夫斯基」的作品。詩方面，則對大鬍子惠特曼的詩風漸漸著迷。

民國三十六年、三十七年間，洛夫新詩創作極豐，他以爲這時期正是慘綠少年「爲賦新詞強說愁」的階段，自己並沒有一個固定的風格，祇是一種感情上的發抒而已。這些作品，在民國三十八年七月隨國軍來臺途中，遺失於船上，一如消逝的少年，過眼的雲烟，無法追回。

三十年代的作品，多少會啟廸或影響現年五十歲左右的中年作家，洛夫自不例外，洛夫最早讀到的是臧克家、艾青等人的詩，繼而是卞之琳、戴望舒、李金髮等人的作品，其中，卞之琳、田間、艾青等人的詩對他尤富吸引力。洛夫來臺的行囊中，除軍毯一條，個人作品剪貼簿一本外，就是馮至和艾青的詩集各一冊❷。

就我們所知：李金髮是「中國象徵主義的先驅」❸，戴望舒是「徹頭徹尾的象徵主義者」，他所領導的「現代派」「毫無疑問是繼承了歐洲象徵主義的衣鉢」❹，其他諸人，也都是現代派的大將，象徵主義的信徒。洛夫早年浸淫的詩人作品，竟是一系列象徵主義者的作品，因此，往後的創作不能不受「波特萊爾」（Charles Baudelaire）和「魏爾崙」（Paul Verline）以降的象徵派所影響。據詩人覃子豪「象徵派及其作品簡介」這篇文章所示❺，象徵派有頹廢的傾向，與神秘的傾向，而其表現方法則有下列四個特徵：

一、象徵派打破了形式的束縛，創立了不定形的自由詩。

二、音樂是詩的一切，象徵派所謂的音樂，是自然流露出來的音調，不是格律。

三、感覺交錯，此爲象徵派特殊的表現技巧之一。所謂感覺交錯，卽是音和色的交錯，卽「色彩的聽覺」。

四、謎樣的暗示、神秘、幽玄、朦朧卽是象徵派的特點，其表現技巧，極重暗示。

洛夫喜歡艾青等人的詩，自然就與象徵主義有了一層血緣關係，這層關係或許很淡，很淺，但這總是大陸時期年少的洛夫。

來臺後，第一首詩：「給伙伴們」，發表在「中國海軍」第三卷第九期，民國三十九年九月出刋。通常洛夫都以發表在「寶島文藝」（四十一年十二月出刋）的「火焰之歌」爲第一首詩，大概是「寶島文藝」普遍發行的緣故吧！

四十年十一月，洛夫進入政工幹校本科一期受訓，四十二年四月畢業，分發到左營海軍陸戰隊服務。次年十月，結識張默，共同創辦「創世紀詩刋」，這是中國現代詩史上極爲重要的詩刋。四十四年二月，瘂弦加入「創世紀」，對於詩的狂熱與迷戀，從此陷入不可自拔的地步，這是走火入「魔」的開始。當時爲了出刋經費，東挪西借，進出當舖，不能自已。「創世紀」出刋的前三期，洛夫曾刋登了十一首新作，其間還曾啟用另一個諧音筆名「羅浮」，這些都未曾輯入詩集中，「羅浮」兩字亦不曾再出現，否則，再加上「羅馬」（商禽）、「羅行」、「羅門」、「羅青」，中國現代詩壇的風光「羅」家就要佔去一半。

一直到了民國四十四年夏季，洛夫調任左營軍中廣播電臺新聞編輯，才開始寫作選輯在「靈河」中的三十一首詩。至少就洛夫來說，這才是上階梯跨出的第一步。

二、「靈河」的出版

「靈河」的出版日期是四十六年十二月十五日，在這以前，中國現代詩壇已經出版了幾部有聲有色的好作品，譬如紀弦的「紀弦詩甲集」、「紀弦詩乙集」（四十一年），方思的「時間」（四十二年），楊喚的「風景」（四十三年），鄭愁予的「夢土上」（四十四年），覃子豪的「向日葵」（四十四年）。對於詩的質素的把握，語字的安置與駕馭，情思的綿延與纏繞，詩的聲韻的諧調，都有各自不同的功力，約略而言，紀弦以突然的清醒去逼視稟天而生的抒情調子，方思則富於「不可方思」的冷肅哲學，楊喚的風景乃原野上輕快嚮亮的牧童短笛，鄭愁予的明媚，彷彿盪在綠楊樓外的秋千，而向日葵是地著尋光的植物，吐納著一片知性的祥和。那麼，洛夫在這個時候出版「靈河」，具有什麼樣的意義？

「靈河」的「題記」中，洛夫坦承：出版的動機在於「紀念」，但是，詩人會僅僅爲了紀念的意義而出版詩集嗎？答案應是否定的。「魔歌」自序，洛夫以爲「詩人出版一本詩集，其嚴重性猶如結一次婚。」所以，「靈河」詩集的前一部份，爲聖蘭而作，屬於不足爲外人道的私人感情，自是紀念之作；後二十一首是「從生活的底層掘出來的」，必有其存在的意義。

洛夫在題記中稱自己的人生是「趣味人生」，「寓趣味於藝術，從藝術中求趣味」，爲什麼寫詩呢？「舒情遣興而已矣！」他認爲從藝術的起源來看，「創作的動機完全是爲了自我娛樂，自我欣賞。」這種以「趣味」爲動機的起源論，頗符合「遊戲說」的理論基礎。「趣味」後來果然成爲洛夫詩中一個重要的角色，往往在山窮水盡之時，給讀者絕大的驚異：

晚鐘
是遊客下山的小路
羊齒植物
沿著白色的石階
一路嚼了下去

——金龍禪寺（五九年作品）

當遊客沉迷於金龍禪寺的山光禪境，因晚鐘而適時提醒：下山的時刻已到，所以「晚鐘是遊客下山的小路」，遊客順鐘聲而下山，則山路的清幽與鐘聲的悠遠，可以相互助成。石階邊的羊齒植物沿途蔓延，因爲「齒」而想到「嚼」，羊齒植物因此鮮活起來，栩栩如生，而遊客下山的脚步（是不是因爲「嚼」而有「飢餓」的感覺，因飢餓而脚步加快？）也因此而可以想見。這種「趣味」，果然是現代詩異於傳統絕律的特色之一，余光中、紀弦、瘂弦、羅青的詩中，都能發現不同的趣味。

「趣味論」的動機，引伸的結果，產生兩種影響：好的方面，洛夫追尋趣味，一直在尋求如何突破傳統的表達方式，尋求異於昨日的自己的另一種聲音，尋求高潮後的高潮，尋求超邁想像的限指以外的奇光異色；壞的方面，由於「趣味」的追捕原是爲了「自我娛樂」，在與讀者達成適度的「理性的默契」上，容易懸空著一段距離，正如悟道者的靈智一閃，會心一笑，原是可遇不可求的，誰會是洛夫詩中趣味的體悟者呢？

又用發光的秀髮編成軟軟的繩子，
綑我在熟透了的葡萄架下
這樣，我就仰臥不起，飲你的葡萄酒，
　你的美目使我長醉不醒………。

——飲

沒有留下一句話，燕子將歸去
遠行人惦念着陌頭上的楊柳

摘下風帽，合着影子而臥，

——小樓之春

他縮着躺在床上像一支剛熄的烟斗，
帽子就是餘燼……

——有人從霧裏來

當然，創作的動機可以是趣味，而其最終目的不能只是爲了趣味，洛夫特別重視詩人「對人生的穎悟，對自然的體認，質言之，就是作者思想的含蘊與個性的發揮。」其中的「個性」，洛夫以爲應包括性靈與性情，是人格的表徵，是作者發自內心至情至性的流露，無從假借，也不可能選擇，洛夫說他自己是一個「極端的個性主義者」，所以寫詩時，任性的寫，老實的寫——「任性就是在作品中盡量發揮個性，（自我意識），老實就是在形式上不矯揉造作，標新立異。」❻綜觀洛夫二十五年來的創作，個性的發揮樹立了自己獨特的風格，外在形式的守成也未曾使他的詩思僵、老、硬、死，這是任性與老實的相互制衡。

以上是洛夫的早期詩觀，我們將從此進入洛夫詩中的第一條靈河。

三、贈聖蘭十章

關於「聖蘭」，從「靈河」詩集中我們一無所知，除了詩集的首頁寫着「獻給聖蘭」，題記中提到「靈河」出版的動機「主要的還在贈給聖蘭作爲她二十歲的生日禮物」，此外，我們眞的一無所知。直到民國六十五年五月，洛夫的第七本詩集「眾荷喧嘩」出版，我們仍然一無所知，詩文、書信、訪問記裏，從此不再有人提起。

「眾荷喧嘩」可以說是「靈河」的再版，「靈河」共有三十一首詩，其中只有「紅墻」、「故事」、「一隻瓶」、「危樓」、「我來到愛河」、「夜祭」等六首未曾收入，顯然洛夫仍然相當珍惜這些詩作。即使是六十四年五月出版的「洛夫自選集」，也選入「靈河」詩集中的詩十三首，在五十一首詩的選集中，這個數目是具有相當意義的。洛夫在「眾荷喧嘩」自序裏說：「當我重整舊稿，怔忡地面對那些成灰的往事與昔日依稀如夢的情感時，就像打開一隻裝滿了生了銹、發了霉的雜物的匣子，心頭湧起的不僅是感慨，更有某些難言的尷尬。」這種感慨與尷尬是對往事、對舊情，也是對老詩興發而起的吧！

洛夫在自序中還引用李義山的詩，說是「此情可待成追憶，只是當時已惘然」，那麼，是否洛夫也有「莊生曉夢迷蝴蝶，望帝春心託杜鵑」的意感？也有「滄海月明珠有淚，藍田日煖玉生煙」的迷離之情？需要有人做「鄭箋」？仔細檢視「贈聖蘭十章」，洛夫實在不能歸入晦澀詩人。這一時期的詩，顯豁易解，說唱均可，雖然不能曉暢如「水之湄」的葉珊，卻是一條處處有津可問可渡的「靈河」。當然，洛夫也不能屬於純情詩人，他缺少葉珊的那份委婉，沒有鄭愁予的清明。洛夫有情，但非似水柔情，甚至於，贈聖蘭十章中竟也無法讓人感覺「食花」「釀蜜」的喜悅。就情而言，葉珊是水，綿邈、柔膩、輕輕蕩漾；鄭愁予如土，沉着、包容、生生不息；

洛夫則爲木，率直、坦露、果實纍纍❼。如果眞從「木」的體悟來看贈聖蘭十章，確實十分貼切，至少在「紅牆」（贈聖蘭第三章）的附記，洛夫曾以「無花果樹」自喻。更進一步而論，贈聖蘭十章，已經由「木」而自然形成情愛的「林園」了。

這裏實在綠得太深，哦，園子正成長，
成長着金色的誘惑，一些美麗的墜落………。

——芒果園

你說要擁有一個茂密的果園，
散佈白玫瑰的御林軍，然後把我囚禁。

——飲

鎖住了滿園子的烟雨，
我要從這裏通過，走向聖火將熄的祭壇。

——禁園

但願掌管那把青銅的鑰匙，黃金的琴，
夜夜讓我們把愛的果園輕啓。

——城

攜着一架六弦琴，夜行緊身打扮，
刷！縱身躍過紅牆。
（我抬起她的下顎）
想偷吃禁園裏的紅石榴。
——故事

十首詩中有五首出現「園」，卽使不出現「園」，也有類似的字詞：

牆：紅牆擋不住兩棵無花果樹的瞭望。
——紅牆

港：我要進你的港，我要靠岸！
——風雨之夕

閣：那小小的夢的樓閣，
我將在這裏收藏起整個季節的烟雨……
——靈河

城：就這樣，我赤裸着，帶着棕櫚枝，闖進你的城。
——城

「園」是種植果蓏，樹有藩籬的地方，引伸而言，可以是游息之處，但四畔的藩籬卻不可少，因此，牆、港、閣、城，是「園」的引伸，基本上仍然是園的觀念。詩經鄭風將仲子篇中名句：「無踰我牆」，元有劇曲「牆頭馬上」，唐代傳奇「鶯鶯傳」云：「拂牆花影動」，明朝胡應麟「少室山房筆叢」曰：「唐人小說記閨閣事，綽有情致。」才子佳人私訂終身，莫不是在後花園進行。西方神話，亞當、夏娃，住居伊甸園，莎翁名劇，羅密歐、朱麗葉相會陽臺，很顯然的，東西方皆以林園爲男女情愛滋長的「原始類型」（Archetypes），洛夫贈聖蘭十章，環繞「園」而寫，應該是非常適宜的。

同時，伊甸園有偸食禁果開啟心智之說，詩經大雅「緜」篇則有「緜緜瓜瓞」之句，園中果蓏，纍纍在望，正足以映現情愛的追索與滿足。

如果把洛夫這十首詩稱爲「林園詩」，那麼它與陶淵明的「田園詩」、謝靈運的「山水詩」，最大的不同，似乎不在於陶詩清淡雅淨，謝詩穠艷複沓，風格、體貌上的不同。而是在根本上寫作的「視境」已經相異，陶謝成詩是在歸田入園，遊山玩水之後，情景交融，物我兩合，因而得詩，換言之，是有實事、實景，緣情而得詩，詩情是在事景之後。洛夫的林園詩，則斷然不是遊園——驚夢——得詩，這樣的次序；應該是情——生，景——應，詩——成。最重要的一點，當是洛夫詩中的林園是虛構的、想像的，不必有實景，不必有實事。或許現代詩與古典詩最大的不同就在這裏，所以，古典詩偏於起興，現代詩則樂於用比。

用比，在贈聖蘭十章中，洛夫所用的喻詞與喻旨之間是極易辨別、捕捉的：

常穿過這片深深的覆蔭，穿過四月的芬芳，
我就聽見滿園果子搖響像風鈴，
——彷彿一羣星子喊着另一羣星子的名字。

——芒果園

雖是簡易的明喻，效果卻很好。在視覺上，芒果色澤鮮潤，因爲星星的閃亮而更罩上了一層光彩；在聽覺上，星子的呼喚聲必須依賴讀者的想像去推求，星星晶亮使人聯想起的呼聲必然清脆入耳，而且星子的名字豈會長濁不雅？再加上「深深的覆蔭」，觸覺上涼適，「四月的芬芳」，嗅覺上暢意，這樣的芒果園自然令人流連不返！

贈聖蘭十章，算不得是傑出的情詩，但在民國四十五年前後出現，就以不擅食花釀蜜的人而言，自有其應得的地位。我們選取最佳一首，藉供品味：

假如把我們的愛刻在石榴樹上，
枝椏上懸垂着的就顯得更沉重了。
我仰着躺在樹下，星子躺在葉叢中，
每一株樹屬於我，每一顆星屬於我，
它們存在，愛便不會把我們遺棄。

哦！石榴已成熟，這美的展示，
每一個裏面都閃爍着光，閃爍着我們的名字。

——石榴樹（贈聖蘭第十章）

四、洛夫早期詩風

洛夫早期的詩作，可以說完全表現出詩人浮沈在世俗生活層面依然固執不變的信仰與愛。詩人的「生活」如何呢？他在詩中這樣表白：

「嚼着五毛錢的尤魚乾，
這條路我走得好吃力。」

「昨天，雲很低，朋友向我索酒，
他說醉後窗外的天會變得很高，很藍。
然而，唉！抽屜裏只有賣不掉的詩。
我羞澀地關起窗子，任北風訕笑而過……」

洛夫認爲：詩中的「我」，實際就是大眾，不過詩人更能瞭解生活罷了❽。

這樣顯豁反映社會現實的作品，其筆勢、口氣、格調，以及詩中的那份無奈，倒十分類似於十五年後，民國六十年左右，「龍族詩人」林煥彰、辛牧、喬林等人的風格。洛夫偶一爲此，林煥彰等人則勉力以赴，顯然，洛夫不是張明的社會寫實主義者，「生活」之詩，淺嘗則止，聊備一格而已。

時代的苦悶、際遇的坎坷，也曾使洛夫成爲生活深淵中盲目的蝙蝠，「我曾哭過」，洛夫說：「昨夜，噩夢壓我的胸脯，冷汗涔涔，風用舌頭舐我，以軟軟的脚踩我，星子們從窗間窺伺，不肯把我搖醒，沉落，沉落，冉冉地直墜無底的深淵，像一隻祇往黑夢裏鑽的盲目的蝙蝠。」很鮮活地將噩夢中濕冷、乏力的經驗陳述出來。不過，洛夫是樂觀的，積極的，哭已哭過，噩夢是昨夜的噩夢，明天卽將來到！

淚眼閃爍，明天我又要出遠門，
帶着詩的獵槍到春天裏去旅行。

面對生命中的無可奈何，詩人期望着春天之旅，旅行何嘗不是一種流浪、一種奔波，但在春天裏，一切似乎都會變得美好起來，因爲詩人有他的「信仰與愛」。在「兩棵果樹」中，洛夫說：「世界的園林，只栽了兩棵綠色的果樹，一棵結着信仰，一棵結着愛。」肯定的、綠色的蓬勃生氣，欣欣向榮的、結實的愛與信仰，是生命中的春天。洛夫甚至於想望自己是一個「吹號者」：「不是唱好聽的歌的夜鶯，而是布穀鳥，聲聲催促着信仰與愛的種子植根。」要植根，要傳佈，詩人的仁與義表現在這裏。

卽使在「殞星」的墜落中，仍然讚賞「你原是一個專演悲劇的角色，像遠古的英雄到海外尋求慷慨的死亡。」就在「危樓」的陰影下，「因受感應，我便從塵烟滾滾中騰升。」這種升騰的意志正是詩人陽剛之氣的表彰，在現代詩人羣中，洛夫之爲陽剛詩人，殆無疑問。二十八歲的洛夫年靑力盛，不免於狂傲之氣，「歸屬」這首詩有這樣的句子：

上帝用泥土揑成一個我，
我却想以自己作模型塑造一個上帝。

這樣的豪氣，卽使二十年的歲月似乎未曾使之稍減，民國六十三年，四十六歲的洛夫自述詩「巨石之變」，仍然不減當年之勇：

千年的冷與熱
凝固成決不容許任何鷹類棲息的
前額。莽莽荒原上

我已吃掉一大片天空

這是詩人胸羅萬象，不能不如此揮發的結果嗎？

「靈河」時期，詩的語言顯然並未達純淨、亮麗的要求，在描述生活與意志的這些詩作中，可以發現「抽象」加「具象」所造成的詞，都有着隔一層的生硬感，或許這就是創造「意象」必經的陣痛吧！

譬如：

1. 翱翔的雛燕在春風裏畫着一個個「生命的圓」，
「時間的驛車」已轆轆遠去。
——踏青

2. 「記憶的河床」裏淤積着泥沙。
「情緒的河床」裏氾濫起春潮。
——我曾哭過

3. 我怕潮水把「意志的纜」沖斷。
——街景

4. 於是振起「希望的翅膀」。
我曾裸露身體，在「智慧的海灘」檢取貝殼。
——兩棵果樹

5. 「愛與理性的旋律」在草原散落像旋風。
——吹號者

引號中的語詞，都是抽象的名詞加具象的名詞，其用意不在形容、修飾、限定，而在以具象去顯現或延展抽象之詞義，換言之，這些詞語有「意」（抽象的詞如生命、意志），也有「象」（具象的詞如河床、翅膀），兩相結合，卻顯得十分乾澀、生硬。這應是現代詩生長過程中不可或免的現象，詩人創造意象的苦痛可以從這裏體察得出。不過，洛夫這種「避熟就生」、「因難見巧」的努力，對於以後詩的創作奠下了最好的基礎，洛夫意象之所以繁複多變，即是對於固定的模式反應尋求另外的出路，對於限指的意義尋求突破，知道以「具象事物」開拓「抽象詩境」所造致。

無可否認，「靈河」詩集中仍然有些極佳的抒情片斷，那是暢流無阻的詩句：

當教堂的鐘聲招引着遠山的幽冥
一對紫燕銜來了滿堂的纏綿，滿階的蒼茫……

——四月的黃昏

吹着一些風，白楊遠遠地搖着迎接的臂，
你來了，來拾取溪澗的花影，墓地的哭聲？
再不要走過那些小徑，那些寂寞的橋拱，
你早在那裏踩下了脚印，埋下了冷清。

——踏青

每一個窗格裏嵌着一角幽冷的記憶，
像春蠶，我自縛於這猶醉而未醉的夢影。
這小樓曾收藏三月的風雨，
於今，我却面對蒼茫哭泣那滿山的落紅。

——小樓之春

這些詩句可以見證洛夫的情詩具有風雅之音，而無鄭衞之調，濫情、泛性，至少並未汚染四十六年出版的「靈河」。「靈河」低沉的調子，了無激奮之情，塡然鼓之，那是多麼寂靜的鼓聲啊！

五、「靈河」的疏濬

詩人的心路歷程，原非我們所能探知，充其量，我們只能從詩作的先後發表日期，逆溯其原意，但就一個喜歡删改詩作如洛夫者[9]，我們其實也可以從他删改遺留的痕跡，窺出一些端倪[10]。「靈河」爲洛夫最早之詩集，「無岸之河」（五十九年）、「洛夫自選集」（六十四年）、「眾荷喧嘩」（六十五年）均曾選輯其中詩篇，本節卽將從此試探洛夫詩語言轉變之道及其原因。

「靈河」詩集中，被改動的詩大約有以下九首：飲、芒果園（題目改爲果園）、禁園（題目改爲暮色）、吹號者、煙囪、冬天（題目改爲冬天的日記）、靈河、城、小樓之春（題目改爲窗下）。將這些詩被改動的線索歸納起來可得以下三點：

第一，年青的「夢」已經遠去：

如「禁園」第二段

風在輕輕地搥着門，不敢掀唇，
我怕鴿子啣走了夢的餘粒……

到了「暮色」則易爲這樣的四行：

窗子外面是山，是煙雨，是四月
更遠處是無人
一株青松奮力擧着天空
我便聽到年輪急切旋轉的聲音

已經與年青的夢境大異其趣了。同樣的，「小樓之春」原句爲：「像春蠶，我自縛於這猶醉而未醉的夢影」，整段被改易。「烟囪」第二段原爲：「河水盈盈，流不盡千古的胭脂殘粉，誰使我禁錮，使我溯不到夢的源頭？」改爲：「河水盈盈，流着千年前的那種蜿蜒，誰使我禁錮」，也將「夢」的源頭整句切除。保留「夢」字的只有「靈河」中「夢的暖閣」一句。說愁、說夢、說愛，應該是詩人三十歲以前的情緒產物，這樣的改易是有所覺的「情緒的放逐」！

第二，形容、修飾的語詞被修剪，使意象更純淨。這是最重要的原因，任何一首詩都可以舉出例證，最顯明的如「冬天」、「禁園」、「小樓之春」三首。

「冬天」第一段「園子裏的桂圓樹，開花，擾亂情緒的」，換成：「春天，嫌階前的一棵柳樹太吵」，並且將第二行「這是去年冬天，以及半個春天裏的大事件」去掉，乾淨俐落。

第二段將太陽苛雜的埋怨改換爲詩人幽幽之怨：

而詩人也在埋怨：
沒有那些柳枝
月亮往哪裏掛？

意象的純淨，思路的明晰，是需要大手筆，濶斧大刀地删削、修正。「禁園」的整容，「小樓之春」十二行縮減爲七行的「窗下」，正是寧爲玉碎而再造的一種魄力，一種不爲瓦全守拙的決心。「窗下」後半段，寫詩人在窗玻璃上呵一口氣，畫一條長長的小路，小路盡頭的背影，從雨中而去的情景，十分明淨，清朗，而從雨窗望着行人遠去的一份無奈與惆悵，被延引得更綿長。這是詩人技巧成熟的表現，當然，我們仍然可以回過頭去欣賞詩人早期的拙樸，但就洛夫而言，這種進步不是粉飾，而是去飾，詩人的心更爲剔透亮麗。

第三，限指的剷除，伸觸更多的可能。

舉「芒果園」爲例：

不要攀摘，青柯亦如你溫婉的臂，
哦，聖蘭，園子正成長。

調整爲：

不要攀摘，哦，青柯正成長
它伸向我
如你溫婉的臂

抒寫的感情眞有超越時空和特定對象之意向，這是限指的突破。

再如「飲」一詩的前兩行：

用一根蘆管從你眼中汲取，上升，上升，
青脈就像一條新闢的運河，暢流無阻。

最後在「眾荷喧嘩」集中，將「暢流無阻」四字略去，意義的伸觸形成更多的可能，新闢的運河不一定暢流無阻，說不定刪除後反而可以開拓更多的意義，誘使讀者去想像，這一點——想像空間的留存——是我認爲詩不黏不滯的必備條件，也是中國詩的最大特色之一。洛夫改詩的最大目的，應該也是着眼於此。

「靈河」之暢流無阻，或許也有賴於這些疏濬的工作吧！

附註

❶：蕭蕭寫的「從紀弦到蘇紹連」第一章「導言」，原載「詩人季刊」第一、二期（六十三年十一月及六十四年二月出版。）

❷：夏萬洲訪問洛夫「夜訪洛夫，煮茶論詩」的訪問記，刊於五十九年五月「幼獅文藝」一九七期。鄭臻「詩人之鏡，詩人之境——洛夫先生訪問記」，刊於五十七年七月香港「中國學生週報」第八三七及八二八期。請參考。

❸：瘂弦語，見「創世紀」詩刊第三十三期「中國新詩史料掇拾之七」。

❹：見杜衡「望舒草」序。戴望舒的介紹可參看瘂弦編的「戴望舒卷」（洪範書店六十六年出版）。

❺：「象徵派及其作品簡介」，收入「覃子豪全集」第二冊第五八一頁。

❻：本節引用文句，均出自於「靈河」詩集「題記」。

❼：「無岸之河」詩集，選輯「靈河」作品時，即以「果園」爲其輯名。

❽：參見「生活」這首詩附記，「靈河」詩集第三十三頁。

❾：洛夫改詩的意願，見之於「無岸之河」自序第六頁。

❿：蕭蕭的「箭徑酸風射眼」即是比較刪改前後的「無岸之河」而寫成，可參看「鏡中鏡」第二九頁至五〇頁（幼獅公司六十六年出版。）

六十七年八月寫於木柵

原載「大地文學」第一期

悲與喜交集的新律詩

——論向陽

一、雨中的銀杏

樹葉從枝枒落下總黯黯感到培育苗種的喜悅
苗種自土地昇起每欣欣覺得抵抗風雨之悲戚

這兩句話，是向陽詩集「銀杏的仰望」後記中的感觸，正足以說明我們以「悲與喜」的「交集」來論向陽，這個方向是正確的。

樹葉枯萎飄零，自是敗亡衰落的徵象，「化作春泥還護花」則溢滿再生的喜悅，當其欣欣向榮時，又不免風雨之摧折，經由風雨的磨鍊，葉更綠，根更壯，生命因此而成長，而葳蕤，悲與喜共生於樹的歷史意識裡，也呈現在樹的枝枝節節中。而樹，未嘗不是詩人自我的衍化，自我的期許——植根於泥土，展望於蒼空。筆名「向陽」，是爲花木企求春意，集名「銀杏的仰望」，不論是我仰望銀杏，或銀杏在仰望，總是迎接悲與喜的交集：「如果是晴陽滿山，在她熠熠翻動的枝葉裡，你彷彿可以瞧見她正檢視著葉脈上的風雨歲月，從她光潔挺直的枝幹中，死亡的影子逼迫著剛探出頭來的綠芽，自她延伸而微露的根莖上，暴戾的風雨，曾無止歇的蠶食她的輿地，然而，面向晴陽，她強韌的生命藉著葉浪訴說出掙扎後的跌宕自喜。」（「銀杏的仰望」第三頁代自序）。詩人顯然極爲虔誠地認同了雨中的銀杏，把自己歸屬爲「在茫茫的雨中，閃耀清亮的眸光，在暴戾之前展露微笑」的銀杏，地質時代的遺物。

就與樹認同這點而言，我們可以分兩方面來探討，一是詩的內在，即樹的生長過程，實質的生命之體驗與表現，也就是生命的悲與喜之「交集」的呈露，這一部份，我們稱之爲「樹的向陽」。另一方面則探討詩的形式，即樹的樸拙的外觀可能含蘊的生機與變化，就向陽對詩形式的堅持，窺測「新律詩」形成的可能性，這一部份，我們稱之爲「木的向陽」。話分兩頭，也許對這株「雨中的銀杏」，可以見其「仁」，也可以見其「智」。

一、樹的向陽

樹的共同特性在於向下抓緊泥土，向上爭取空間，尋求陽光。

以「泥土」而言，向陽有著很深的歸根的執著，僅因爲「銀杏」是地質時代遺物，僅存於東亞；銀杏而爲林，僅見於南投縣鹿谷鄉溪頭——他的故鄉，，遂冷然頓悟：「你是一把奔波的扇，那泥土和鄉村呵！是閤你的，軸。」（見「銀杏的仰望」一詩），千萬縷鄉愁是由銀杏的扇形輻射出去，何嘗不可以說是遊子的鄉思時時刻刻輻輳在銀杏林下的泥土，因此，六十五年春天寫出包括血親與姻親的「家譜」，是一種自然的發展，其後，鄉土文學的呼聲驀起，向陽繼續寫作「鄉里記事」，顯然走出一條他自己的路來了，這是一條泥濘不堪的路。

向陽的「鄉里記事」，有別於吳晟的「吾鄉印象」，前者關懷的對象廣且博，後者刻畫的筆觸深入而眞確，「鄉里記事」難免悲喜交集，嘲人諷世，「吾鄉印象」則有自怨自艾，聽天由命的趨勢。最重要的區別是：向陽大量使用閩南語入詩，形成另立一門的方言詩。方言詩的出現可以當做懷念鄉音、重視鄉音的思鄉情懷之另一種表徵，而其缺點仍是溝通上的困難，第一，使用閩南語的年青一輩已習慣以「國語」思考，閩南語入詩，須要經過一番「翻譯」始能理解，這是否造成陳啟佑所說的「緩慢節奏」（參見中外文學第七卷第一期「新詩緩慢節奏的形成因素」）？陳啟佑認爲使用外來語可能造成緩慢的節奏，閩南語雖非外來語，但因思考習慣的不同，也使得詩思遲緩下來，在溝通上形成困擾。第二，不會使用閩南語的人，往往更因爲字詞的無法意會而難以卒讀，同時，在今日，已經不可能全部使用閩南語寫作，部份仍不得不採用國語，頗像文白夾雜的作文，時時要調整自己的語法習慣，十分不便。因此，方言詩要能獨立門戶，尚須一段艱苦的奮鬪，我們以爲其中有兩點特別需要注意：

一、整理一套普遍爲大家所接受的臺灣語彙。語言的形成是約定俗成的，文學作品所使用的語言自然也應以約定俗成者爲主，因此，一套可以跟國語相通相譯的臺灣語彙需要及早確立，目前小說界也盛行以方言直接寫入對話，但各人所寫未有統一標準，未合古音古義者甚多，甚至於失去語言的準確性的也不乏其例，如向陽的詩句「穿未起西裝」，這裏的「未」字就不够準確，未字有「尚未」「還沒」之義，與此句句意不符，這裏是「穿不起西裝」之意，不如就用「穿袜起西裝」，反而通俗些。而且，閩南語有音無字的情況很多，一套通行的臺灣語彙不僅幫助讀者了解詩句，也供給作者選用恰當語詞的機會。當然，這樣的工作還需要更久長的時間去實驗、去修正。

二、使用方言不僅止於語詞的套用，還須以方言本來的語法來寫，才算妥適。目前大都停留在套用階段而已，還未見到使用流利的閩南語法的人。向陽的方言詩特別是採用歌謠的調子來寫，適合朗誦，但不一定讓人覺得流暢，如果能以眞正閩南語法創造，是否更親切、更直接、更具現代感?譬如:「你看伊說沒吃麋就去學校」，很合閩南語法吧!不過「隔」的問題仍無法解決。基本上，也許方言詩寫成以後，最好以「聲音」出版，據向陽說，他在大專院校以方言朗誦「家譜」，效果極佳，其理在此，因爲閩南語終究是一種語言，訴之於語言，其感人之力要大於文字，如果「銀杏的仰望」再版，應該把這一部份方言詩以聲音版製作，情勢上若不可能，向陽至少應舉辦一次方言詩朗誦會，才算是眞正的發表!

從「家譜」到「鄉里記事」這些詩作，向陽以方言詩處理，顯然是一項試驗而已，這些詩寫給誰看？如果是給知識份子看，當然不需要以方言入詩，如果是給鄉下人看，鄉下人只能知道鄉里間的事嗎？是否題材可以擴大？這兩個問題大約也表露了詩人寫作方言詩的矛盾心情。語言，終究是工具。重要的是：「它傳達了嗎？」「它傳達了什麼？」

我們舉出向陽方言詩的代表作「阿爹的飯包」：

每一日早起時，天還未光
阿爹就帶著飯包
騎著舊鐵馬，離開家
出去溪埔替人搬沙石

每一暝阮攏在想
阿爹的飯包到底啥咪款
早餐阮和兄哥呷包仔配豆乳
阿爹的飯包起碼也有一顆蛋
若無怎樣替人搬沙石

有一日早起時，天還黑黑
阮偸偸地走入去竈脚裏，掀開
阿爹的飯包：沒半顆蛋
三條菜脯，蕃薯籤摻飯

這是一個小事件，有敍述、有懸疑、有期待、有驚奇，而貧寒家庭中小孩的天眞好奇，父親含辛茹苦供養孩子的苦心，都從此處表露。鄉里實況的轉播，社會現狀的了解，也可從此獲其端緒。以方言寫就，彷彿就發生在我們身邊，或者竟是昨日的我們，不自覺地有著一份被牽引的歸屬感，這就是方言詩優點的發揮，與吾鄉吾土緊密接合，與故舊的感情相交集。

樹，也爲了爭取空間、尋求陽光而活著。詩的空間與陽光，或許就是詩人對於萬事萬物的一種關懷，向陽將它稱爲「人間愛」，認爲「人間愛」是他詩作情調的「節點」(Nodal point)，是他作品多重表面樣態之輻射下所站立的基本重心（參見向陽的：「情調的節點」，原載66年11月出版的「愛書人」）。這樣的見解在他的詩集後記「江湖夜雨」中也一再強調：「更要緊的，是一顆寬宏悲憫的心懷之養成」，「不能放棄關懷廣大心靈之形象及其悲苦的責任。」因此，這樣的關懷而見出人間生存的可悲與可喜，而悲與喜的「交集」，正是人與人之間、人與物之間的「情愛」。

情愛，如果是男女之私，應該是表現在極爲細微的、不自覺流露而出的關懷，甚至於是一種痴愚而固執的守候，永無結果的期待。向陽的情詩放在第二輯「念奴嬌」裡，以第一首「或者燃起一盞燈」而言：「若你不來，則讓我是／翩飄的葉落向你佇立深思的小階前／仰視你的凝眸俟候你的足跡」，雖然你不來，而我枯等如葉的枯黃，即使葉落了也仍仰視你，俟候你。情意是在這種不自覺的痴愚裡默默流露，不論你來或不來，我仍守候；不論是否如葉之萎落，我仍仰視。悲與喜之「交集」，在此。

而當情愛擴及於眾生萬物之時，何妨以有情之心度眾生、度萬物，向陽對「雲的印象」是這樣：

舞者的是華爾滋的旋律嗎？
抑或醉漢水中撈月的姿態？
趕著羊羣的牧童已迷上了山巒的青綠
爲什麼你還兀立高岡，望著河海蒼茫

簡短四行，而雲的美、雲的變幻、雲的蒼茫，都已給人極深的印象，最後一句「望著河海蒼茫」更是傑出，蒼茫的是河海，而又未嘗不是雲！雲望著河海而蒼茫，又未嘗不是詩人自己望著河海而蒼茫，將雲的印象與山河之偉、家國之思，聯結在一起了！

而這種家國之思又從前面鄉土之愛、男女之私提昇起來，向陽的「輪軸」何等偉壯，劈開萬古夜鬱，在飄搖的風裡，「向著黎明挺進」！「輪軸」一詩顯示了情愛陽剛的一面，顯現了詩人對中國懸念的永恒的赤忱：

古道上不見悲惘的俠客舞劍長嘯
綺羅堆中但聞銹蝕的豪氣化爲鶯聲燕語
那久未歸來的詩人呵
以流亡的血滴成十三聲帶淚的咚咚鼓聲

因爲「愛」，才有血，才有淚，人間的一切現象，悲的本質要多於善的面貌，「血流是鐵蒺藜的容貌嗎？瞳子裡有沙碎的乾枯」（「秋聲四葉」），瞳仁的枯乾，枯乾而碎裂，這正是悲的本質，面對悲的本質不能不追求喜的質素，悲中有喜，笑中含淚，這是人生必然的戲劇，純粹而短截的「十行」詩有悲喜的情意，人生縮影的「鄉里記事」詩有悲喜的本事。簡潔的如：「在泛黃的乾燥的版面上／竟然看到，煙灰落地的消息」，「憐視開始發芽的小樹／緩慢地，我展讀父親遺下的信／迅速地，霧來窗裡讀我的眼睛」，都以很好的轉位、雙線並進的意象，給出靜態的悲。「煙灰落地」是實情，也象徵了往事灰飛煙滅的惘然。「霧來窗裡」是現景，更暗示出展讀父親遺書不覺淚眼婆娑的淒苦。敍事的，如「白鷺鷥之忌」：「雨跟著風走來甕留的破厝偷偷地搬磚瓦／風帶著雨站在甕留的田裡暗暗地種雜草／庄裡的大小猶原厚衫一領一領穿／寒天以後樹葉同款一片片地落」（「鄉里記事」狂誕篇），這是悲，曠古之悲，悲中要有喜，不能不出之以嘲諷的手法，不能不調侃，「鄉里記事」的狂誕篇這樣，顯貴篇、百姓篇、賢人篇，不肖篇，莫不如此，「村長伯要造橋」，「校長先生來勸募」，「水太清則無魚疏」，「好鐵不打菜刀辯」……單就題目來看，已知其諷世之意極濃了，這樣的處理，也不過是悲境造喜，苦中作樂而已！其背後自然是作者悲憫心情的延伸與揮揚。

純然的幽默並非沒有，「花之侵」一首可與羅青的諧趣並駕齊驅了：

將軍。我是。傳令的小兵。城河。已陷。城門
已破。所謂春晴。所謂花訊。已經攻入。我們
戍守的。城垣。裏來。

可以想見守夜的戍卒匆匆急急的報告，可以想見春晴花訊入城的快速，把白居易「遠芳侵古道，晴翠接荒城」的詩具象化，動態了「花之侵」，彷彿春花就這樣迫不及待地攻進我們的身邊來。

這是向陽詩的內在肌理，我們從此見出詩人的「仁者」心懷。

三、木的向陽

向陽是一個詩的形式的堅持者。

現代詩的寫作，究應採行何種形式，迄無定論，每個人有每個人不同的方法，每首詩有每首詩不同的形式，議說紛紜，莫衷一是。這其間曾有兩種不同的聲音出現，一是內容決定形式，一是形式決定內容，前者以內容爲重，認爲形式隨內容而轉變，後者以爲形式可以改變內容，有好的形式才能凸現更完善的內容。就詩的完整演示來看，這兩派的爭論並無實質上的意義，因爲內容必定依附於形式，形式正是爲了表現內容，任何與衆不同，超乎常情的形式表達，應是爲了豐富內容的演出。

三十年來，對於現代詩的形式的實驗，可以分爲三大流派：最先是以白萩和林亨泰爲主的「圖象詩」，以圖示意的實驗，盛行於民國五十年左右的現代詩壇，頗引起當時知識份子的注意，震驚者有之，震怒者亦有之，最有名的詩例是白萩的「流浪者」，林亨泰的「風景」第二首，影響十分深遠，直到六十七年十月出版的「中外文學」，還有一首羅青寫的葫蘆形的「葫蘆歌」。這種圖象詩自不同於王維的「詩中有畫，畫中有詩」的境界，所以實驗結果，毀譽參半。其次是民國六十年、六十一年，葉維廉、蕭蕭、蘇紹連三人，不約而同的「一字一行」的寫作形式，據觀察，葉是在造成空間秩序的層疊，蕭是爲了時間秩序的和緩，蘇則在兩者之間又加上了一點血光。這一字一行的詩，仍然是瑕瑜互見，成功者有之，失敗的也不少，流行極廣，殃及不少無辜的詩篇。最大的影響卻在於「意象的淨化」，從此現代詩不再以堆砌意象爲第一要務，轉移注意力於全篇結構的照應。（有關此項詩的形式的實驗，可參看張漢良「論臺灣的具體詩」一文，收入幼獅版「現代詩論衡」）。

第三種實驗就是向陽詩的行數的堅持，這種實驗自非向陽首創，但向陽擇善而固執之，乃形成了一種新的氣候與探討價值。

詩的行數的實驗，早已有人嘗試去做，洛夫民國五十四年出版的「石室之死亡」，全詩六十四節，每節十行，五行一段，是最顯明的例子，這種形式也是向陽詩集中最多的表現方式，甚至於冠之以「十行」之名而成爲題目，仿學者甚多。

現代詩句中字數的多寡不定，有少至一行一字的，也有多至三十七字爲一句的，通篇不加標點、分段、分行的，均有。但以固定字數嘗試表達詩的多重可能性的，大約以蘇紹連「河悲」的四言句爲最有名，舉一首蘇紹連的「夫渡河去」如下：

夫渡河去
十年河東
不渡河回

十年河西
不渡河來
河東無夫
河西無夫
妻已老了
一年淤泥
十年爲岸
岸旁望夫
河上浮夫

中間兩段八字，一字排開，呈現河的寬廣與空無，也畫分前後兩段河東河西的距離。每句四字，形式固定，是這一集詩的特色，四言句對於「河悲」的悲劇性具有什麼樣的效果，此處不贅，此處只在指明詩的句數、字數的制定，已引起一般詩人的普遍關心。

前輩詩人彭邦楨更在今年年初，發表一系列的押韻現代詩，成績不差，在現代詩推廣將近三十年的今天，反轉來試寫押韻詩，其意義自不同於新詩初創期放不開的纏足。

這一切現象似乎在預示著一種新的詩體或將誕生，初唐以前，爲字句的多寡，平仄的相諧，韻脚的確立，所做的長期努力，並非是有意識的磋商會論，而是詩人內在的尋求與醞釀，相互間的激盪與修正，以至於形成近體詩，是漸生而非突變。今日，向陽努力於詩形式的探討與堅持，或許眞可爲現代詩的形式找到大家共同認可的模型。

向陽詩的外在形式有一個模式，那就是詩章必是兩節或四節，每節是四行或五行，集中七十二首詩超出這個模式的大概只有「花之侵」與「輪軸」兩首，其他有些微變化的不過十首左右。

我們先分析「其他」類十三首的形式，其中有九首是屬於第三輯的「調寄」，「調寄」共有十首，形式都不統一列表如下：

1. 聯想之外——八節，每節三行。
2. 雨夜——五節，每節行數爲二——五——二——五——二行。

形式		首數
每首節數	每節行數	計72首
二	五	20
四	五	22
二	五	「河悲」含十首小詩
四	四	13
八	四	1
十	四	2
其他	其他	13

3.雲霧雷雨——分爲四首小詩，每首有兩節，一節兩行，共四行。
4.物語——四節，每節前兩行，後五行。
5.草詠二章——不分行。
6.花之侵——五節，行數不定。
7.誅飲者——四節，每節六行，節與節間另有括弧句。
8.月之分解因式——四節，每節五行（第一行是數學公式）。

9. 聲聲慢——七節，每節四行。（此詩之所以分七節是爲了李淸照「聲聲慢」中的叠詞有七個而分節）。

10. 無獨有偶——分爲兩首，每首三節，第一、二節九行，第三節二行。

另外在別輯中而未歸列的有四首：

11. 阿公的煙炊——三節，每節五行。

12. 阿爹的飯包——三節，每節四行。

13. 愛變把戲的阿舅——四節，每節六行。

14. 輪軸——行數不定。

這十四首詩中，每節四行或五行的，仍有七首之多（第2.3.4.8.9.11.12.首）。

根據前表，詩的節數以偶數爲主，其中兩節和四節的最多，佔百分之八十以上。每節的行數以五行爲最佳，佔百分之七十弱，四行居次，佔百分之二十五。以這個比例去對照其他詩集，或不至於懸殊至此，大約亦以五行、四行爲一節的，佔絕大多數。向陽應該是經過審愼考究詩的節數、行數而形成這種模型。向陽曾醉心於舊詩之吟誦與習作，不免受其影響，以「銀杏的仰望」全本詩集來看，詩分兩截或四斷，每節行數相同，實是律詩的變型。

什麼是律詩呢？有五個要素須要把握：

一、句數固定（通常八句，排律則可增加至百韻）。

二、字數固定（分五言、七言兩種）。
三、平仄諧律（參看王士禎的「律詩定體」）。
四、中間兩聯對偶（即頷聯與腹聯須對仗，首尾兩聯則不計）。
五、押韻（偶數句一定要押韻）。

以此反觀向陽詩集：句數固定方面，向陽十分堅持。字數固定與平仄諧律，則交互應用。根據楊國樞「中國舊詩每句字數與快感度的關係」及「中國舊詩平仄排列與快感度的關係」兩項實驗，其結果顯示：「㈠中國舊詩每句字數與其快感度間確有函數關係，亦即每句字數不同，所具有的快感度亦異。㈡在所用的九種字數中，5言有最大快感度，3、4、6及7諸言次之，8、9及10諸言又次之。」（見楊國樞著「心理與教育」第五七頁，晨鐘版），平仄排列的實驗則顯示：㈠不同的平仄排列，可引起不同的快感。㈡古人採用過的平仄格律多有較大快感度。㈢古人未採用的平仄格律亦有與採用過的格律有相等快感度者，為減少「因斟酌字音平仄的是否合律而有損詩意」的困難，實可採用此等新的平仄排列。（同書第七二頁）。這種實驗，可供寫詩朋友的參考，譬如每句以五言最佳，少可為三、四字，多達六、七字，亦佳，白話為詩，句子稍長，但停逗後的兩截或三截短句，自應符合這種格律。平仄格律似乎仍以順口為上，倒不一定要應合既定的體式，除古人已定的八種格律外，還可以有幾千種，甚至幾萬種的格律，也能引起相當的快感度，這點倒說明了現代詩掙脫格律束縛尋求內在節奏的正確性。向陽以長短句的相互搭配，造成音韻的跌宕，倒可視爲新律詩的新節奏。

押韻問題，向陽並不敢放手去做嘗試的工作，偶而隨興押韻而已，韻目極寬，平仄可通，親卿不分，讀來也有幾分生疏中的親切。對偶，除詩節兩兩相對外，放棄的更多，但比諸他人，向陽仍有極多的律詩的味道。

詩的語言方面，讓讀者更爲驚訝，當詩壇走向淺白口語的今天，向陽卻堅持「文學的」語言

更鼓催人，招手兩情更濃
不料揮淚，袖巾頻頻揚起
風掀處，兩岸猿聲漸漸啼，凝眸
望斷，來時江渚，那白淒身影
在野霧裏，悄悄，隱去

——「燭怨十行」後半

如果說這是詞曲用語，亦不爲過。甚至於「家譜」「鄉里記事」的方言詩，也是以演戲的、賣藝的、說書的江湖調（俗稱「王鹿仔調」）來寫，不是當前我們說的臺灣話。這種古調既便於吟誦，易於懷舊，是否也利於傳達？首先我們須了解，藝術的傳達並不以直述爲滿足，以戲劇語言爲例，必定與實際的生活語言保持相當的距離，一齣戲中，使用生活語言的人必是以逗趣爲職

的小丑人物。反過來說，譬如：「當你將手放在我的掌中，我的心微微顫動著……」這是足以感人的文句，如果是在情人面前「說」出，卻成爲可笑的話（我們會認爲他是在「演戲」），很明顯的，文辭與語辭，到底不同，「我口說我心」十分眞摯，「我手寫我口」卻不一定眞切，不如直接：「我手寫我心」，更能動人。

因此，對於向陽詩的語言，可以得出兩個結論：

一是生活的語言並不等於詩的語言，生活語言可以入詩，必定經過一番轉化。

二是文學的語言貴在獨創，獨創的第一層意義是蘊具時代特性，「小站十行」要優於「窗盼十行」，而方言詩的成就要高於其他各輯詩作，其理在此。

我們贊與向陽對於詩的語言與詩的形式所擁有的那一份信心與執著，絕不贊成詞曲名句留存在他的詩中。「新律詩」的形成，如果還有缺憾，就向陽而言，是新語言的鑄造。鍛冶的路有三條：第一，是從生活語言中提鍊，如「秋聲四葉」；第二，是從古詩舊詞中蛻化，如「翻翻三疊」；第三，是從閩南語語彙、語法中汲取，如「家譜」各篇。做爲「木」的向陽，我們可以循著他的年輪，聆聽他生命中的風聲雨聲，木的外形或許已經不變，而年輪一圈一圈不同，更見出「智」的衍生，我們期待下一次向陽的橫切面，新的語言已隱約浮現。

四、銀杏的仰望

「銀杏的仰望」，絕大部份作品寫成於六十四、六十五年兩年內，以兩年的時間出版一册詩集，先後得獎數次，可見向陽的詩的生命蓬勃有力，富於生機。仰望銀杏，或有燦爛蒼空之一角的一天。

根據前面兩大節的敍論，大約可以指陳向陽未來的座標如下：

在X軸上的點，應是新律詩的嘗試與完成。「詩分兩段各五行，或採用前後對比，或嘗試情物交融，或加以時空設計，或混合使用，以求取詩的密度強度與廣度深度。基本上，這是以高中階段傳統詩之欣賞與習作爲基礎，衍化絕句的比興要旨，而達成結構嚴謹與稠密的努力。」（詩集後記「江湖夜雨」），「衍化絕句的比興要旨」，其實就是新律詩的嘗試。形式的尋求，或者說固定形式中內容的突破，都將有圓滿的確定，重新認定叶韻的意義，創新語言的機能，包括以時代語言或方言詩來「拓展國語文學的幅度」，「刺激文學作品更爲強韌的生命力」，都將被重視。而這些都可能帶來一種新的詩體的產生。

在Y軸的向陽，將會踏進民俗的臺灣、歷史的臺灣，去挖掘眞正的臺灣，眞正的中國人的血淚。向陽是一個具有歷史意識的詩人，從他以嚴謹的形式創作現代詩，以二十年前的古調吟誦方言詩，都足以證明他對歷史與現實的認識，以向陽的話來說，那是「精神的不隔」與「事實的隔」，從時間的變貌中釐清愈久愈濃的血緣。這部份的詩，向陽有意多方面探尋題材，深入題材。同樣的，這也是一條泥濘不堪之路，不畏險阻的決心與毅力，方能期於有成。銀杏仰望穹蒼，當有更多的風聲雨聲在前頭，在上方，需要向陽的意志與信心！

六十七年十一月寫於木柵

原載「愛書人」雜誌九二、九六期

從「囚室」中伸出新觸角

現代詩的發展史，其實也可以說是一部詩的內容與形式、多方面多層次的試驗要刺探的歷程。考察目前已有的現代詩，在形式上不外是分行分段的長短不同而已，有完整一段爲一首者，兩段、三段、四段爲一首者，長者甚至於一、二十段爲一首的也有。而一段裏究有多少行數並未確定，百分之九十五以上的詩篇採用「西洋詩」以句爲行的形式，極少部份的詩篇則仿學「詞曲」以闋爲段，一般稱之爲「散文詩」自然也是就其外在形式而言，偶而也有一些詩作以局部或全部文字之排列，模擬具象的實物，具體的聲音，其數更少，不成氣候，視之爲遊戲走筆則可，另立一派似乎大可不必。因此，目前現代詩的形式，大約以十八行左右爲最多，超過五十行的已不多見，三百行以上則是稀世奇珍了。

朱介英的「囚室」長達兩千多行，在形式上、長度上，這是現代詩的第一次突破。

就內容而言，一般現代詩所圍繞的不外乎個人與時代的「情、意、志」三個範疇的抒發，格局也許有小大之別，層次也許有深淺之分，或抒情、或表意、或明志，至少必擇其一而行。朱介英的「囚室」則以三個死囚的自我抉擇爲依歸，歷述其煎熬、期待、爭戰、徘徊、掙脫的經過，當然也屬於意志的一種搏鬪行爲，不同的是，這三個死囚分別以十七號、十八號、十九號來代替，做爲人的身份被泯除，實際上這三個號碼所代表的，原來就不是具體的人，而是抽象的理念，個人與時代在這首詩中不具任何意義，死囚的「行爲」只是方便於了解理念的存在而已。這一點，朱介英的「囚室」與一般現代詩大異其趣，算不算是一種新異的嘗試呢？

更進一步言，中國史詩、詩劇，原本就不發達，現代詩人亦曾試寫十幾篇，篇幅長短不說，劇的成份多少就十分可疑了，張漢良在「現代詩論衡」中已明確析釋，「詩」大於「劇」是共通的弊病，可看可讀，不一定可演，「詩劇」在中國還說不上任何成就。朱介英的「囚室」標明爲「詩劇」，兩千多行，分爲六幕，專書出版，或許也是現代詩史上的一次創舉吧！

認眞探討「囚室」的全部內容，「詩劇」兩字還不能確切傳達整本書所包涵的，也許稱之爲：以詩爲主的綜合媒體，更爲恰當。因爲它至少包括了以下八類：

(一) 詩

「囚室」是一本詩集，但爲了配合其他媒體的演出，詩的質素被延展爲極薄的理念，在意象的塑造上繁多而不够靈活，有時顯得呆澀而欠缺生機，但其中仍不乏節奏明快的詩句，有時也令人耳目一新，如：

卽使永恒是刀口　是深淵
就以蛋殼般
你我木訥的臉孔
朝疼痛奔去

整體而言，已知道詩的本質何在，一閃的靈智常能捕捉得到，有時爲了追捕這一閃的靈智，往往走了很多寃枉路，在精鍊的技巧上仍然有待磨鍊。

（二）劇

「囚室」之爲劇作，當無問題，有科有白有曲，有人有物有景，環繞「劇」的外在因素都具備了，問題是：「劇」中是否有「戲」？倒是值得討論的，我認爲有三點缺憾，必須依賴眞正演出時，以誇張的動作、凸出的化粧、特殊的音效、不同的歌舞，補其不足，這三點是：①角色特徵不夠分明：十七號代表失望，十八號代表希望，十九號代表絕望（死亡），除了演出時十七號十八號或立或坐，十九號恒以躺姿出現外，無法從詩句（語言）中察其分野所在，既然是三個不同的理念，就應有不同的反射行爲，顯明的不同特徵。這點，語言的靜態表現不曾達成，如果能在舞臺上演出時，十七號着上綠囚衣，十八號的希望以紅囚衣象徵，死亡則是黑色的，或能釐清三者之間的溝瀆。②角色衝突性不大：特徵既不分明，衝突性自然減弱，戲劇最引人的地方就是「衝突」——情境的衝突與內在的衝突，三個死囚象徵人們心底深處的潛意識行爲，他們的衝突應是外在的相互間的衝突，失望與希望是一憂一喜，希望與絕望是一有一無，失望與絕望是亡失與絕滅，其間的衝突不可謂不大，朱介英似乎未能好好把握，連死囚與死囚間的「對白」都極少，倒像是「獨白」多些，對白少，衝突亦少。③情節高潮不多：「囚室」類似於觀念劇，情節已經十分淡薄，如果不能好好掌握「氣氛」，容易使觀眾注意力走散，不能凝聚高潮，尤其是「審判」一幕，在囚犯躍入觀眾以前，應該醞造高漲的情緒，結果眾鬼吸吸不休，減少許多戲肉。好在這些缺失可以依賴「樂」與「舞」來添補，並進而發揮樂與舞的優點。

(三) 配樂

風聲、敲門聲、狼嘷聲……，在音效上，「囚室」的設計是十分周全的，檢拾「回音」這段，應有極好的效果才對。其他「配樂」部份，未見樂曲演奏，不敢列論，演出時要注意音樂的強度與震撼力，自不待言。

(四) 歌唱

朱介英是民謠歌者，歌唱部份要能獲致最佳贊賞才是當行本色，歌曲譜列如何，不得而知，歌詞如「別告訴我」則十分出色：

啊——啊——
別告訴我這是海洋的禮讚
別告訴我這是湖泊的交響
　這是我心中狂放的聲音
　這是我體內暴怒的吶喊
別告訴我是缺乏生氣的生活
別告訴我是缺乏欲望的生命
　我　是失去支脚的椅子
　我　是失去枝幹的樹木
……………

歌唱部份要顧慮的是：如何與對白交替播出不產生突兀不諧的不良作用，果能消除這種憂慮，將是具有撞擊力的一環，此一環還要包括朗誦部份，將語言所蘊涵的感情，以拉長或截短的語音、語氣去再現，這是另一個難題。

（五）舞踊

「囚室」中有幾處以「舞踊」的姿態演出，效果如何，從文字上無法逆知，但就全篇氣氛而言，「舞踊」所採取的踊躍，其剛毅不屈的直立之姿，是要比柔和的「舞蹈」來得恰當，編舞的人不能不注意「死囚」與「囚室」的意象，是一種瀕死而掙扎，等待而無奈的枯木意象，全詩給人的感覺應是乾澀的。

（六）挿畫

「囚室」集中有朱介英自己的挿畫約十五幅，不免失之於靈巧與唯美，就如以「囚室」的語言與洛夫「石室之死亡」相比，朱介英顯然羅曼蒂克氣息要濃了一點，以他自己設計的「囚室」封面更可見出浪漫氣息之瀰漫。這十五幅挿畫並未能幫助讀者去了解本詩，其存在意義，除了「調和」之外無他。如果是成功的挿畫，是否以鉛重的墨塊來加大讀者心中的壓力為佳。

為了加深「囚室」予人的沈重感，自然不妨考慮整本以「黑」為底色反白印刷，或者每頁四圍加以粗黑的邊線。日後，如能在「舞臺」上演出，挿畫就失去了它的作用，但可代之以幻燈片，幻燈片的製作仍以黑白兩色為優，特別注意氣勢的醞釀與烘托，取材魄力要大，洗除挿畫的靈巧之美。

（七）攝影

攝影自是藝術之一環，如上節所言，黑白對比適合「囚室」單色的要求，詩集前面幾幀攝影作品，構圖比例勻當，背景純黑、深邃，頗能與「囚室」相感應，取材角度更能給人伸張、奮爭之感，顯示攝影者與模特兒之間具有相當的默契，唯模特兒略嫌肥胖。

攝影在舞臺上的處理方式也可以用幻燈片來加強，或者改用「電影」放映，這種方法李泰祥在「傳統與展望」中已曾試驗過，但是並未十分成功，似乎還是一塊待開發的土地，仍有可爲之處，其間所牽涉的問題就更多了，非本文所能論列。

（八）燈光

燈光設計在戲劇舞臺上的地位已日漸抬高，尤其「囚室」一劇，幕有起落，景未改變，必須依賴燈光去顯映其間的差異，如第三幕「黎明之臉」與第六幕「審判」，應有截然不同的燈光設計。此亦後話，暫可不表。

綜觀以上八項，朱介英所伸出的新觸角，已試圖拓開現代詩的幾面向陽的窗子。近一兩年來，現代詩人了解到各種媒體相互爲用的實際效益，如「綠地詩刊」陸續籌畫「詩與畫」「詩與樂、曲」專輯，羅青與董敏的生活攝影，羅門與李泰祥的「傳統與展望」，余光中與楊弦的「民歌」，桓夫主持的臺中市立文化中心所舉辦的「詩與插花」展，「詩人季刊社」六十七年詩人節演出的「詩、樂、舞、劇」，都顯示各種媒體配合演出的可能性與必然趨勢。而以個人的素養獨力完成多媒體的作品，朱介英的「囚室」自有其歷史性的意義。

「囚室」，我們曾指稱它類似於西洋戲劇中的「觀念劇」，第一幕「囚門」，演示三個死囚被禁錮，企圖從囚窗中尋回眞正的自己。第二幕則以「荒野狼嗥」來襯比被禁錮的人只能翻尋失落的豪氣，數自己的肋骨。第三幕「黎明之臉」上昇，死囚們仍然瞻望歲月，在爭吵中看日子溜過。第四幕「正午零時」，隱含着人類對於時間與生命的無奈，第五幕則嘲諷「罪與罰」的矛盾，道德的無依，第六幕爲「審判」，是人性的審判，但不如說是「覺醒」，從夢魘中覺醒，從被囚禁中掙扎而得生，連十九號（死亡）都這樣說：

受到折磨才能產生奮鬥的勇氣
沒有逆境無法激勵求存的決心
活生生地去面對絕境
你
方能發覺

生命竟然如此不馴與驃悍

意志的力量不可限量，死囚得救來自生命力的復甦，那是一種生存意志的抉擇。最後一幕具有積極性的意義，但以「審判」爲名，未能含括生命力復甦時所贏得的自由，抉擇是自主的，審判則是外在的、他生的，死囚的抉擇既不因「審判」而起，而且亦無「審判」之實，第六幕「審判」，不如易以「覺醒」、「復甦」或「抉擇」，更能傳達其中眞諦。

從「囚室」伸出的新觸角，是英挺的，堅韌的，我們期待更多促使詩新生的觸角，帶來復甦的信息。

六十八年一月寫於木柵

原載「愛書人」第一〇五期

瘂弦的情感世界

一、「深淵」的成長歷程

瘂弦「深淵」的出版，經過四次增訂。

第一次出版，原名「瘂弦詩抄」，民國四十八年，香港國際圖書公司印行，包括目前「深淵」集中卷一至卷三的作品。九年後，民國五十七年，易名爲「深淵」，臺北眾人出版社印行，收詩六十首分爲七卷，前有序詩「剖」一首，後附王夢鷗「寫在瘂弦詩稿後面」，葉珊的「深淵後記」，及作品年表，版本比三十二開略小。同年，英文詩集「鹽」(Salt) 在美國愛荷華大學出版。五十九年十月二十五日，臺北晨鐘出版社據眾人版增詩九首後刊印，所增之詩爲：「憂鬱」、「歌」、「無譜之歌」、(「無譜之詩」增入卷之三，卷目卽改「遠洋感覺」爲「無譜之歌」)「佛羅稜斯」、「西班牙」、「赫魯雪夫」、「懷人」、「所以一到了晚上」、「獻給馬蒂斯」。

並删去前述王、葉兩篇後記，增入十六節瘂弦的「詩人手扎」，書型改為四十開本。次年，又補上兩篇後記，恢復三十二開本，這是定本，迄至於今，仍由晨鐘出版社發行。

六十六年十月，黎明文化事業公司出版「瘂弦自選集」（三十二開本），選入「深淵」集中詩作四十一首，卷目依舊，另增第八卷「二十五歲前作品集」，收入「我是一勺靜美的小花朵」等四十二年至四十七年間未輯入「深淵」集中的十八首詩。前有素描、生活照片、手跡、年表，後附「理論與態度」（羅青作）、「有那麼一個人」（范良琦訪問瘂弦）、「作品評論引得」等。兩書合觀，對於瘂弦必有整體性的認證。

瘂弦自民國四十年開始寫詩，至五十四年創作停止，計有十五年的寫詩歷史。發表詩作則是民國四十三年以後的事，第一首發表的詩：「我是一勺靜美的小花朵」，刋登於「現代詩季刋」第五期，四十三年二月出版。此詩恬靜柔美，節奏輕快，二十五年後的今天重讀，依然令人讚歎瘂弦之善於把握詩的內在音樂，不僅注意詩句最後一字的韻脚，而且詩章六節的最後一句都重複著「我是一勺靜美的小花朵」，其前面一句則以「墜落」結束，每節的這一句的字數和句法各有不同，使詩的節奏有所變化❶，讀至每節的最後兩句，可以讓人感覺到美的輕飄微漾，彷彿身在雲端：

不知經過了多少季節，多少年代，

我遙見了人間的蒼海和古龍般的山脈，
還有，鬱鬱的森林，網脈狀的河流和道路，
高矗的紅色的屋頂，飄着旗的塔尖……
於是，我閉着眼，把一切交給命運，
又悄悄的墜落，墜落，
我是一勺靜美的小花朵。
終於，我落在一個女神所乘的貝殼上。
她是一座靜靜的白色的塑像，
但她却在海波上蕩漾！
我開始靜下來。
在她足趾間薄薄的泥土裏把纖細的鬚根生長，
我也不凋落，也不結果，
我是一勺靜美的小花朵。

瘂弦最晚的一首詩，應是五十四年五月所寫的「復活節」（即「德惠街」），流暢的氣勢依然，活跳的語字依然，其中更有沈潛而在的深義，三十三歲的瘂弦是要不同於二十二歲的瘂弦，但其間衍變的痕跡明晰可見：

她沿着德惠街向南走
九月之後她似乎很不喜歡
戰前她愛過一個人
其餘的情形就不太熟悉

或河或星或夜晚
或花束或吉他或春天
或不知該誰負責的、不十分確定的某種過錯
或別的一些什麼

——而這些差不多無法構成一首歌曲
雖則她正沿着德惠街向南走
且偶然也抬頭
看那成排的廣告一眼

寫作最豐的時期是四十六年與四十七年兩年，共成詩四十首左右，佔全集中的十分之六。四十六年的詩給人的感覺是：「當我們掀開那花轎前的流蘇，發現春日坐在裏面」（春日）的那種淸暢與甜蜜。四十七年則「跳那些沒有什麼道理只是很快樂的四組舞」（無譜之歌）。當然，四十七年下半年，對瘂弦而言是一次小小的躍進[2]，「巴黎」（七月作品）、「倫敦」（十一月作品）、「芝加哥」（十二月作品），陸續推出，像「你唇間輭輭的絲絨鞋踐踏過我的眼睛」，像「乞丐在廊下，星星在天外，菊在窗口，劍在古代」，像「在芝加哥我們將用按鈕寫詩，乘機鳥看雲，自廣告牌上看燕麥，但要想鋪設可笑的文化那得到淒涼的鐵路橋下」，這些詩句膾炙人口，風靡一時，「巴黎」一詩且曾獲「藍星詩獎」，而詩風則已稍異於四十六年的淸甜柔舒，現實生活的感應，衍展與批判，逐漸揉入詩句中。

奇怪的是，四十七年這一年，洛夫風格也巨幅轉變，「投影」（三月作品）、「我的獸」（六月作品），都在這一年間完成。四十七年元月，瘂弦發表「給超現實主義者」一詩，是爲了「紀念與商禽在一起的日子」，或許，超現實主義的自動語言也給了瘂弦一些啟示，而後才有四十八年的「從感覺出發」及「深淵」兩詩，「深淵」一出，瘂弦在詩壇上地位已穩若泰山，爲羣嶽所拱。同年，商禽的名詩「長頸鹿」、「滅火機」，洛夫「石室之死亡」首輯作品，都同時在「創世紀」十二期刊登，猗與盛矣！其中，「深淵」名句，長久以來，猶爲人傳誦不絕，如：

哈里路亞！我們活着。走路、咳嗽、辯論，
厚著臉皮佔地球的一部份。
沒有什麼現在正在死去，
今天的雲抄襲昨天的雲。

四十八年，瘂弦寫下「赫雪魯夫」、「瘋婦」等刻畫人物的作品，極爲出色，他曾於四十二、三年間就讀政工幹校「影劇系」，描繪人物時頗能抓住對象的特質及其內在感情的瞬間變化，引逗出一個蘊含繁複情節的小小輪廓，這是現代詩的一條新的生路。次年，他繼續寫出「上校」、「坤伶」等詩，一起輯入詩集中的第五卷「側面」，與第四卷的「斷柱集」——詩人心中嚮往的各大都市「想當然耳」的橫切面，成爲「深淵」裏的兩大特色，爲其他詩人其他詩集所無。

此後，瘂弦沈寂了兩年，五十二年而有「給馬蒂斯」一詩，這首詩似乎是瘂弦作品中的變調，意象繁瑣，韻律滯塞，瘂弦自己也頗痛恨，認爲是造作的、假的(見葉珊「深淵後記」)。這樣的逆向轉激，可能導致五十三年「非策劃性的夜曲」，五十四年的「一般之歌」的產生，詩思凝聚，結構緊密，保持早期的輕快調子，再無冗字贅語。其時，洛夫剛剛完成「石室之死亡」，商禽正唱著「逢單日的夜歌」，然而，瘂弦卻眞正成爲「瘂弦」了，從此不再繼續創作詩，而以整理史料推展詩運，五十五年初，「創世紀」二十三期出版，即開始連載「中國新詩史料掇拾」，這個工作持續至今。詩人的創作生命雖然結束，乃以整理詩史爲其職責，奮鬪不懈，令人感佩！

一個詩人的成長多少會受到前輩作家、古今書籍的影響，就瘂弦的詩來看，除何其芳外，並未有十分顯明的特殊血緣關係存在，但羅青在「瘂弦研究資料初編」中列舉將近二十位詩人、小說家，認爲瘂弦曾從中吸收養分，因而創立自己的風格，姑存其說，以備查考。羅青認爲：「大陸時期的詩人如廢名、郭沫若、何其芳、卞之琳、辛笛、綠原、蘇金傘等人的作品，都成了他寫詩的養料；臺灣時期的詩人如李莎、鍾鼎文、墨人的作品，對他早期的詩風影響也不小，尤其是明秋水與覃子豪，成了他最親近的指導者，對他的詩作品評修改，鼓勵不斷，是瘂弦成長時期的良師益友。透過翻譯，瘂弦讀了不少詩和小說，對他的詩風也造成了相當程度的影響。較明顯的有美國的愛德加·坡、惠特曼，法國自然主義的小說家，和詩人如愛呂亞等，俄國詩人馬亞可夫斯基，及舊俄的小說家，還有一些拉丁美洲的詩人如奧克他維奧·柏茲(Octavio Paz)等人。」③

二、瘂弦的情感世界

能以簡短語句道出瘂弦特色，予人深刻印象，大約要以張默在「中國當代十大詩人選集」所寫的讚辭最爲中肯，他說：

「瘂弦的詩有其戲劇性，也有其思想性，有其鄉土性，也有其世界性，有其生之爲生的詮釋，也有其死之爲死的哲學，甜是他的語言，苦是他的精神，他是既矛盾又和諧的統一體。他透

過美而獨特的意象，把詩轉化爲一支溫柔而具震撼力的戀歌。」❹

這是對瘂弦詩的印象的總體反應，所謂「甜是他的語言，苦是他的精神」，一針見血之論，將瘂弦詩的內在精神與外在形貌表露無遺。瘂弦與鄭愁予、楊牧，雖然同爲婉約詩人，寫作「冷肅柔美的詩」各自享有令譽，但其間另有個別差異。鄭愁予外柔內剛，一股對人生對自然堅毅不撓的氣勢貫串在其中；楊牧是吟唱詩人，自吟自唱，對歷史古典懷抱著永遠的虔誠，對眞與美一往情深；瘂弦則臂擁現實的苦難，唇吻大地的傷痕，顯現投入現實泥沼的心意，而恆以短促而響亮的笛音陪伴時穩時躓的脚步。

因此，我們以流盪的情感來尋求瘂弦的動向，可以發現他的甜與苦表現在五種不同的情的層面上，這五個不同的情的層面形成瘂弦的特殊世界：

(一) 情韻綿邈而流盪

情韻的綿邈與流盪，瘂弦的表現側重於歌謠式的小調，我們相信他可以吟誦許多北方民間小調，而這些小調轉化爲詩，使瘂弦詩中的音樂性增強，最明顯的表現是「乞丐」這首：「酸棗樹，酸棗樹／大家的太陽照著，照著／酸棗那個樹。」即使悲涼如「唇」，如「鹽」，亦然。即使後期的「一般之歌」，也仍然可以感覺出來：

至於雲現在是飄在曬著的衣物之上

至於悲哀或正躲在靠近鐵道的什麼地方
總是這個樣子
五月已至
而安安靜靜接受這些不許吵鬧

情感的傳達如果能以線表示：瘂弦是不規則而又諧和不紊，不盡轉折而又圓融的，譬如「憂鬱」這首：「蕨薇生在修道院裏／像修女們一樣，在春天／好像沒有什麼憂鬱／其實，也有」。每一次的轉折可能是無理的，但因爲音樂緊密的連串而得其圓融，「下午」是成功的作品：「我等或將不致太輝煌亦未可知／水葫蘆花和山茱萸依然堅持／去年的調子／無須更遠的探訊／莎孚就供職在／對街的那家麵包房裏／這麼著就下午了」。不盡的轉折使你覺得情韻的延引和流暢。

(二) 情調屬北方風光

早期的瘂弦，四十六、七年間出現的詩，充滿著北方情調，援用許多特殊名詞，形成十分與眾不同的北地風光，包括：哨吶、銅環、陀螺、蒺藜、花轎、流蘇、野荸薺、白楊、蕎麥花、酸棗樹……等等，誠如「紅玉米」這首詩所寫的：「好像整個北方／整個北方的憂鬱／都掛在那兒」，一時引起許多年輕人的仿學。嚴格說，瘂弦是屬於先天的天才詩人，可以襲用他的語詞，但學不來彷彿天賦的情調，尤其是南方海島長大的孩子，不曾浸淫過北國的風聲與雪色，如何感覺「很多聲音傷逝在風中」？如何能寫出充滿傳奇性的「山神」？

樵夫的斧子在深谷裏唱著
怯冷的狸花猫躲在荒村老嫗的衣袖間
當北風在煙囪上吹著口哨
穿烏拉的人在冰潭上打陀螺
冬天呵冬天
我在古寺的裂鐘下同一個乞兒烤火

（三）情節充滿戲劇感

瘂弦學過戲劇，詩中人、事、物的出現、轉折與消失，有著十分完整的戲劇結構，如上引的「山神」：「春天，呵春天，我在菩提樹下為一流浪客餵馬」，「夏天，呵夏天，我在敲一家病人的銹門環」，幾乎就是一個戲劇雛形的壓縮。「斷柱集」具有異國情調，其中不乏可資索尋的傳奇，「側面」為人物造形的具體塑現，每一句幾乎都承載著戲劇裏一個小小的高潮。瘂弦說：「在題材上我愛表現小人物的悲苦，和自我的嘲弄，以及使用一些戲劇的觀點和短篇小說的技巧。在『側面』這一輯詩裏，差不多都是寫現實人物的生活斷面。」❺如「坤伶」一詩，姚一葦教授曾加以析釋，評價極高❻：

十六歲她的名字便流落在城裏
一種淒然的韻律
那杏仁色的雙臂應由宦官來守衛
小小的髫兒啊清朝人爲她心碎

仔細的讀者可能還發現句尾的押韻，自然而然，情韻的綿邈與北國的風色依然迴蕩在其中。

（四）情趣帶有反諷味

瘂弦是一個機智型的詩人，忽然有從天外飛來的詩句，往往從矛盾情境中產生奇趣，羅青爲瘂弦欣賞而拔舉，大約就因爲羅青詩中滿溢的諧趣吧！瘂弦詩中之趣，往往還有反諷的意味，「赫魯雪夫」：「又用坦克，耕耘匈牙利的土地，他的的確確是個好人」，這是十分明顯的嘲諷，「修女」、「故某省長」也隱約可以覺察。「給橋」詩中重複兩次的「讓他們喊他們的酢漿草萬歲」，自然也是瘂弦式的俏皮。「深淵」三行：「在剛果河邊一輛雪橇停在那裏。」給人突兀的感覺，造成驚奇之趣，也有一點反諷的味道，萬物存在本來就不相違棄，雪橇就讓它停在那裏吧！從中思索，這豈不是「深淵」所含蘊的思想之一？

（五）情結不免超現實

「創世紀」詩社一直被一般評論家、讀者，將它和「超現實主義」聯結在一起，超現實主義是好是壞，本難定評，因爲有人因此而寫出極好的詩，如商禽、洛夫、管管，但也偶而不免失敗之作，形成舟橋不濟的隔絕局面，溯自詩經、楚辭，降至今日新起的年輕詩人，無不偶一爲之？因此，把「晦澀」歸罪於超現實主義是不當的，是偏狹的，尤其在民國四十五年至五十五年間，現代詩壇競出奇句、異想，超現實主義的影響不能說不大，當然，無可諱言的，它也造成混亂與隔絕。換言之，超現實主義因爲使用者的不同，造成或良性或惡性的不同結果。

瘂弦自然不免於這種影響，瘂弦承認「早期的詩可以說是民謠風格的現代變奏，且有超現實主義的色彩。」❼如「深淵」中豐碩的意象與情節，「如歌的行板」中不相連屬的各類必要，都算是十分妥切的。而「下午」的第二段，「從感覺出發」、「給馬蒂斯」的大部份，則有堆砌與孤立的弊病，這是時代的弊病。就像六十五年以後淺白俚俗之作，突然充斥在詩壇上，又形成另一種缺憾。

「深淵」詩集有小調的輕快，也有深沈博大而悲壯的交響曲，同時展現兩種風格，而能保持瘂弦一貫之特色，其中的微波與洄瀾，均有可觀之處，瘂弦的情感世界就這樣開展在讀者的眼前，忽急忽緩地震盪著。

附註

❶ 這種方法爲瘂弦所擅用，如「在中國街上」詩分六節，每節的最後一句分別爲「詩人穿燈草絨的衣服」

「且回憶詩人不穿燈草絨的衣服」「更甭說燈草絨的衣服」「以及詩人穿燈草絨的衣服」「要穿就穿燈草絨的衣服」「且穿燈草絨的衣服」。再如「巴比倫」各節的結句爲：「我是一個黑皮膚的女奴」「我是一個滴血的士卒」「我是一個白髮的祭司」「我是一個吆喝的轎夫」，句式不變，最後一字皆有相近之音，則是更進一步的變化使用。而「鹽」則插在中間叫著：「鹽呵，鹽呀，給我一把鹽呀！」

❷ 楊牧在「鄭愁予傳奇」中認爲：瘂弦直到寫成「懷人」、「秋歌」、「山神」以後（一九五七年）才毅然告別何其芳，完全奠定了他自己的風格。（文見「鄭愁予詩選集」序，志文出版社六十三年三月初版。）

❸ 「瘂弦研究資料初編」原刊於「書評書目」三十三期，六十五年一月出刊，次期有張默的「瘂弦研究資料初編補遺」。

❹ 「中國當代十大詩人選集」，張默等主編，源成文化圖書供應社六十六年七月十五日初版。「瘂弦詩選」的編者讚辭在二六一頁。

❺ 參見范良琦訪問瘂弦的文章「有那麼一個人」，原刊六十年十二月出版的第四期「臺大青年」，收入黎明文化事業公司出版的「瘂弦自選集」。

❻ 參見姚一葦「瘂弦的坤伶」，原刊「中外文學」第二十五期（六十三年六月出版）。

❼ 同註❺。

六十七年八月寫於木柵，六十八年三月修訂
初稿發表於六十七年十月號「北市青年」
定稿發表於六十八年九月號「中外文學」八十八期

兒童詩理論的奠基
——評「妹妹的紅雨鞋」

林煥彰與兒童詩

林煥彰開始寫詩時已經廿二歲了，就一般年青詩人而言，不能算是早慧詩人。民國五十年，他在新竹服役，開始寫詩，五十二年首次發表詩作於「葡萄園」詩刊第四期，五十四年八月參加「笠詩社」，次年獲中國詩人聯誼會頒贈的「中國優秀青年詩人獎」，五十九年又獲中國文藝協會文藝獎章「詩歌創作獎」，六十年元月與同輩詩友：辛牧、施善繼、陳芳明、蕭蕭、景翔、喬林、林佛兒、蘇紹連等創辦「龍族詩社」，出版詩刊，實際負責編務，對於詩運的推廣具有極大的熱誠。六十五年初，編成「近三十年新詩書目」，十分翔實可信，由「書評書目社」印行。六十七年十一月則以「妹妹的紅雨鞋」獲教育部「兒童文學獎」文藝獎章，這其間一共出版三本詩集：「牧雲初集」（五六年二月笠詩社出版），「斑鳩與陷阱」（五八年八月田園出版社出版），

「歷程」（六一年九月林白出版社出版）。

失學的苦痛，與生活的重擔，成爲林煥彰詩生命裏必須眞實面對的兩大壓力，正如他在「斑鳩與陷阱」的序言中所說：「生活無疑是一種陷阱，我們越是掙扎就越陷入苦境，而詩也就這樣被捕捉。」更明白的說法就是「把寫詩當做個人的生活紀錄」（見「歷程」自序），以自己現實生活的空間環境，與生命成長的時間背景，交叉爲寫詩的藍本，林煥彰喜歡以習見的小問題去擊發感情或意識層面的喟嘆，甚至於逼取哲學思考上一點小小的體悟，因此，稱他爲「生活詩人」應是十分允當的，因爲他的生活屬於「人」的階層要多過屬於「詩」的階層，而他的詩在記敍「人」的生活秩序上要多過抒發「詩情」與「詩想」。這點十分重要。

環顧臺灣目前詩壇，提倡「兒童詩」創作最力的，除林鍾隆主編的「月光光」爲兒童詩專刊外，要屬「笠」詩刊。一般認爲「笠」詩刊最大的特色，即在於演化現實生活的感動爲詩的意象，是以本土拙樸的資材作爲寫詩的憑藉，與「兒童詩」的取材相較，極爲接近，「笠」詩刊之倡導「兒童詩」，自是因利乘便之事！而且，以生活入詩的詩人，通常擁有一顆熱愛生活、熱愛世界的赤子之心，「兒童詩」最不可或缺的正是這類童心。小說家黃春明把他對小人物的關懷轉爲兒童讀物的編輯與製作，詩人林煥彰從「生活詩人」轉而爲兒童詩的創作者，都是相同軌跡的必然轉變。從此可以規畫出兒童詩的最基本公式：

（兒童詩）＝（目及之物）＋（童心）

公式中物可隨生活不同而異動，「童心」則應該永不泯除，童心至少要包括想像力與愛心，林煥彰早期的三本詩集，盈滿不泯的童心：

「牧雲初集」第一首詩「海的歎息」，短短四行，卻能顯現詩人的觀察與表達能力，具有兒童詩的親切感：

潮來了
帶來滿海的愁
潮退了
只留一個貝殼

潮漲潮退，是眼前自然景物，潮來有聲，彷彿「海的歎息」，所以是滿海的愁，潮退時只留「一個」貝殼，以此對比前節「愁」海的無邊，留下無限惆悵。前節有聲，後節有色，前節虛擬，後節實寫，一來一往，情趣油然而生，這可以算是很好的兒童詩。

同集另一首詩「月光光」，更具童趣：「媽媽，這圓圓的月兒，是妹妹用白紙剪貼的，我不要那個袖珍式的 方方的 像我在愛神面前送給小密娜的鏡子的那個月兒才是我的」這是第一段，頗有奇思，全詩以小女孩的口氣呼喚媽媽，表現了小兒女的私情以及對於一件小禮物的珍愛。

「斑鳩與陷阱」，童心不滅，「我永遠含着童年那顆糖」，這是「母親縫在我身上的一些小鈕扣」的贊辭，林煥彰之寫作童詩，在此更得到情理之必然的佐證，這組詩的第四首是這樣：

媽媽陪嫁的那面鏡子
小小的
一口湛藍的湖
小時候
我只被允許在那樣安全的地方
嬉水
泳遊

以湖喻鏡，把攬鏡自照的「童玩」說成嬉水泳遊，文字簡明，意象單純，切合兒童生活常識，雖是一首憶舊之作，更該是完美的一首童詩。另一組詩「素描四張」，正如題目所言，是眞正的「素」描，最後一首「日落」，把日落的意象，說成弟弟滾銅環回家而被媽媽沒收了，極佳，以銅環喻太陽，在「牧雲初集」的「第五季」也有相同的譬喻：「第五季　日子　滾銅環那樣　滾著太陽　在藍天的安全玻璃上　亮著喜悅的顏色　亮着希望」，這種滾銅（鐵）環的幼年遊戲，深深契入而永存於詩人心中，因此當他寫童詩時，童稚的趣味自然浮昇上來，「妹妹的紅雨鞋」童詩集中「天空」這首詩的意象也就是「第五季」的改寫：「天空，有時晴朗，像一塊安全玻璃；太陽最喜歡玩兒，整天都在那上面，滾著圓圓的銅環。」再度證明：林煥彰寫作兒童詩淵源久長，其來有自。最近的兩册詩集「歷程」和「公路邊的樹」（連載於「龍族詩刋」）也有極爲突出的兒童詩，尤其是「歷程」的第一卷，全卷盈滿童心，以童心觀外物自有佳趣，如「小貓」這首，說我養的一隻小貓，跳上床，很驚奇地瞧着窗外，看見一片白雲飄過，以爲是一條魚，牠很快地衝出去。極富想像。

從不自覺的童心的呈露，到有意識的爲兒童寫詩，林煥彰十八年的寫詩歷程，可以看出他勃發不已的童心。中國一向缺乏專爲兒童設計的教育設施，古時以「三字經」、「百家姓」、「千字文」做爲認字之始，了無情趣，即使「千家詩」的大部份作品，也非專爲兒童而寫，非經揀選，實不宜兒童閱讀。十九世紀以來，兒童文學普遍爲各國所重視，名家迭出，中國則仍寂寂無聞，所幸最近「國語日報」、「信誼基金會」、「洪建全文化基金會」等機關，有計畫地編印中國人所寫、適合中國兒童的讀物，稍能補其不足。林煥彰以其十幾年的寫詩修養，不失其赤子之心的熱誠，或能爲中國兒童詩這塊處女地開拓出一片新疆域。

讓我們來檢視他的「妹妹的紅雨鞋」，並試圖爲「兒童詩」的理論做好奠基的工作。

兒童詩理論的奠基

兒童詩只有一個定義：給兒童看的詩謂之兒童詩。寫作兒童詩的人卻可分爲兩類，一類是兒童，自己寫自己的詩；一類是成人，爲兒童寫詩。兒童自己寫詩，未經雕鑿，純任自然，保有最大的稚趣與天眞。成人寫兒童詩，則應設身處地，以兒童的語言爲語言，以兒童的思考模式來思考，這也是兒童詩的理論有待建立的主要原因。

以下我們將經由「妹妹的紅雨鞋」的評析，試圖建立兒童詩的理論基礎：

詩既是語言的藝術，兒童詩自然也以語言的擇求爲第一要務，兒童詩是給兒童讀的，語言須採用兒童的語言——兒童所使用的語言、兒童能懂的語言——前者讓兒童有親切感，感覺這首詩就是自己寫出來的，後者又兼具提昇兒童語彙能力，但要以能懂爲基點，如果一首詩交互使用這兩種深淺不等的語言，應注意後者的比重不可偏高。兒童的語言其實就是口語，簡單句，大抵寫作兒童詩的人都能把握這個原則，「坐火車」的感覺是「山開始往後退，樹也往後退，房子也往後退……哇！什麼東西都往後退」，一個「哇」字表達了兒童的興奮感，情緒的高昂也不過是這樣而已，語言的表達不求其深入，但求貼合而已。

「妹妹的紅雨鞋」各詩均能達此要求，但是也有微疵，以「我要到一個地方去」爲例，第二段的「小花是各式各樣的洋傘，像著上了所有的顏色。」前句是暗喻，肯定小花爲洋傘，後句的顏色原已在花朵上，卻用個「像」字，似欠妥貼，不如改爲「分別著上了不同的顏色」。同時爲了跟「原」「毯」協韻，有必要將「顏色」與「洋傘」這兩行對調。第四段第一、二句用了「只有」，其後卻連用了「還有」三次，會讓孩子迷惑「只有」的意義到底是什麼。接著「我愛高飛的風箏也知道」「我愛遠航的小紙船也知道」，語義上恐有問題，「我」是指誰？把「我」去掉不是很好嗎？

兒童歌謠通常都押韻，兒童詩最好也能注意這點，詩押韻有兩點好處，一是朗朗上口，便於記誦，二是讓孩子對詩有正確的觀念。當然，合乎口語，流暢，則是最基本的內在自然旋律，講求這些要比押韻重要，可注意而不注意，則造成兒童對詩的排拒。譬如「媽媽，請您給我」，第二段各句顯然都以小喇叭的「叭」爲韻脚，林煥彰卻故意要以「的」字爲韻脚，結果「標點」「音勢」都無法配合，最後一句空留「可以吹的」，十分突兀，不如仍恢復「叭」字韻脚，「叭」字的音響效果要比「的」字好，況且這是形容喇叭的一段，宏亮爲上，「可以吹的」之後接「小喇叭」三字應是中策。事後檢討，上策可能是將最後兩句截短爲「小喇叭，可以吹／小小的喇叭小小的嘴」，讓「叭」與「嘴」押韻，富變化而有情趣。同理，第三段：「我的小臥房的小小的門檻；」也可棄掉，免得妨礙了聲韻的流暢，因爲整段押的是「大」韻，第三行末字是「房」，第四行末字是「檻」，第三行「房」字的聲韻要大於「檻」字的聲韻，但語義的段落卻落在第四行，「聲」與「義」不相配合。事後之明，可以讓我們將這句改爲「小小的門楣上」，整個小段落就變爲：「小小的鈴鐺，繫在我的小臥房／小小的門楣上。」一來聲韻可以相協，二來糾正「門檻」的誤用，門檻是指著門框橫木在下方的一根，自不宜掛著鈴鐺。

因此，兒童詩的語言雖然淺近，如何做到完全貼合兒童用語和思考習慣，又能提昇他們的欣賞能力，並不十分容易，更要注意每個字詞的準確性，絕不使兒童詩有絲毫差錯，這是最基本的一點。

其次是童心的掌握問題，前節提及童心應包括想像力與愛心。兒童是好奇的，想像力十分豐富，根據兒童心理學，兒童是極大的「自我中心」者，自我中心並非自私，而是兒童經驗有限，必得經由我的經驗世界去認知，想像力的豐富仍然是環繞著我而有，不可太離譜。「妹妹的紅雨鞋」第三十八頁的「小貓咪」就很不恰當了，幾乎是一首超現實主義的現代詩，不知作者原意如何？詩這樣寫：「有隻小貓咪，喜歡在夜裏走入我腦中，不聲不響，從我眼睛裏走出來，在我書本上，留下了一行又一行整齊的文字，然後，又不聲不響的走了。」當我們唸給孩子聽，都有恐懼的感覺，小貓咪是指著噩夢呢？還是指著幻想？我們不能全然了解。這樣的想像似乎不適合兒童，應該避免。

臺灣書店出版的一本黃遙煌選譯的「兒童心理學」，曾提及霍爾（G Stanley Hall）以「問卷法」對於初入學的一年級兒童實施一般意見測驗，其成果顯示兒童之思維確異於成人，不僅是「知識」之量的不同，且兼及質的不同。譬如天空，兒童的反應內容是這樣：

「天空是兒童所喜好及神秘的幼稚幻想的領域。被詢問的兒童中，約有四分之三都認爲地球是平的，許多兒童描寫它像一塊銅板，天空就像一隻倒翻著的扁平的碗。天空是薄的，我們可以很容易地突破它；當有一半的月亮出現在天邊時，可以透過天空看見那一半月亮；天空可能是雪造的，它是那麼地大，以致有許多掃地工作要做。」

「妹妹的紅雨鞋」書前有短序：「來，騎著想像的翅膀」，所以集中很多具有啟發性的想像，如下雨時，要走到爸爸的口袋裏，變成一個小銅板，不會淋雨，又可以買東西。說媽媽的心像我的影子，總是跟著我走，有時躲在我的耳朵裏悄悄地說，有時她在我面前，在我背後，在我左右，表露了母親無微不至的關懷。寫太陽是一個一睡醒就踢著藍被子的娃娃，很久很久才露出圓胖的臉。這些詩作都很傑出，構思新穎而自然。

愛心，對純樸的兒童而言，是十分需要的。林良曾認爲：「一個理想的兒童詩作者要有『詩心』，要有『童心』，要有『愛心』。」（見「淺語的藝術」第一六四頁，國語日報出版部印行）。他提出理想的兒童詩作者要有三個條件：他是詩人，他了解孩子，他愛孩子。林良將「愛心」視爲「愛孩子」的心，這只是第一層面的基本條件，更進一層的，應是「培養」孩子的「愛心」，教孩子以愛心去觀察萬物，體恤萬物。詩教不等於禮教，但追求愛與美的天性應予發揚，林煥彰自然也有富於愛心修養的詩，如「小螞蟻」寫出了動物與人的融洽：

每當我吃飯的時候，
牠們就成羣結隊爬到飯桌上；
一點也不客氣，
嚐嚐這個，嚐嚐那個，
還悄悄的對我說：
你們家的菜眞不錯！

與愛心相等的是兒童詩的美學觀點，這種美與醜的觀點更要切合兒童心理，不以成人既成的美醜理念加以限定，兒童清純的世界應是完美無缺的，雖然也有害怕的事物：如巨大的聲音、突然的黑暗……等，但詩人面對題材時自然不應將事物醜化、惡化，如寫黑雲，不要將它形容爲惡魔的大衣，寫雷電，也不宜以驚嚇的口氣來描述，必須有善惡之分，是非之別時，注意保持仁者心懷，以同情的角度來釐清。

兒童詩的題材，依「妹妹的紅雨鞋」而言，大別之可以有三類：一是單純的人際關係，如「媽媽的心」、「妹妹的紅雨鞋」。二是生活環境的小事物、小感觸，如「童話」、「朱槿花」。三是小動物。如林良所言，小孩子有「好奇心」跟「支配的欲望」，兒童文學大部份是動物的世界。除了這三種題材，是否還有更多待開發的資源呢？譬如歷史故事的整編，玩具的世界，都市生活的實況，科學寓言的設計等等，應該擴大詩人的視野，進而擴大中國未來主人翁的視野與胸襟。

林煥彰以「妹妹的紅雨鞋」獲獎，意味著兒童詩的寫作已逐漸引起大家的重視，讓我們共同努力，爲詩的中國，詩的未來，開創另一種景觀。

六十八年三月寫於木柵

原載六十八年四月十日「臺灣新聞報」副刊

請輕輕踏進現代詩的胸膛

請輕輕踏進現代詩的胸膛。

不爲什麼，只因爲我們曾經是詩的民族，我們有過詩的輝煌時代，爲什麼我們不能再創造一個詩的盛唐？

中國最早的詩，大約也是人類最早的詩，人類在未有文字以前就先有了詩，因爲人有喜怒哀樂，有愛恨會離，有工作，有遊戲，當一排花樹突然在你眼前燦開，當一股暖流緩緩流過你的心窩，豈能無感？豈能不覺？因此，初民社會，工作時有詩，遊戲時有詩，情激而動時有詩，心動而激時有詩，詩是最早的文學，就像一個幼童還不能完全表情達意，卻會有突然而來的詩句，就像一個不識之無的農夫，也會表露他的辛酸與堅毅。

「詩經」的作者幾乎遍及各階層，上至帝王、下至庶民，莫不有詩！祭天拜祖，宴饗會友，豈可無詩！中國詩的發達，這是一個好的開始。「楚辭」時代，對於神話世界的探索，香草美人的隱喩，憂國愛民的情操，有了更深的挖掘、更廣的拓展、更高的輝揚。到了漢朝，國威遠播，民生安樂，「賦」興起，聲的模擬與把握，采的追逐與捕捉，使得字句的鍛鍊達於最高峯。漢武獨尊儒術，魏晉崇尙黃老，南北朝則有數不盡的佛寺，詩人的思想因此繁密充實；張騫通西域，五胡來亂華，玄奘去取經，外來的文化刺激了中原文化，詩人的眼界因此更開濶，而詩的聲律更有長足的進步，因而不能不出現詩的盛唐！

宋詞的婉約令人不忍釋手，蘇辛的豪放直指中華兒女振奮激昂的心志，元曲則完全走入民間，聲律字詞的限制漸漸掙脫，藝術與生活乃漸漸不可分離。一直到清末民初，西學東來，白話文學興起，詩的革命又起了一個高潮，胡適的嘗試，徐志摩等人的開拓，西洋文學的引介，延續到臺灣紀弦、鍾鼎文等人的播種，本島詩人旣有的傳承，滙流成今日的現代詩。眞的，詩的長流裏，我們有過輝煌，今日，我們豈能不讀現代詩！不寫現代詩！不創造我們自己的輝煌光燦！

請，輕輕踏進現代詩的胸膛。

不爲什麼，只因爲詩是年青的心靈，任何一顆年青的心都是詩心勃發的源頭。從初一到大三，是最適合寫詩的年紀，充滿着好奇、驚訝、無邪的童心，當它與外在美好的事物「恰」的一聲邀迸而出的火花，就是詩的光燦。

也許你不相信，因爲你曾遇到難懂的現代詩，你無法進入詩人的世界中，其實你不必急，就像黑夜裏突然開啟一盞燈，你會覺得刺眼，慢慢地，眼前不就是一片光明嗎？正如同你初進電影院，一片漆黑，彷彿目盲一般，慢慢地，你不是也把左鄰右舍看得清清楚楚了嗎？只要踏進一步，自有一排一排的花樹，一排一排的鐘聲……向你走來。

我爲你選了幾句好詩，也許你會喜歡：

「我仍是一塊拒絕溶化的冰／常保持零下的冷／和固體的堅度」（余光中）

「海喲，爲何在眾燈之中／獨點亮那一盞茫然」（洛夫）

「而所有的夜都鹹／所有路邊的李都苦／不敢回顧：觸目是斑斑刺心的蒺藜。」（周夢蝶）

「我原想長成月亮或者太陽，但我種下的卻是一粒不會發芽的星。」（蘇紹連）

果然，你已經喜歡這些詩句了！

那麼，請你，輕輕踏進現代詩的胸膛。

讓現代詩的脈博與你的生命在一起

跳動！

六十七年十月寫於木柵

原載「北市青年」一二一期名家專頁

三十年與十年

三十年謂之一世，民國八年的新詩嘗試到民國三十八年的吶喊是第一代，三十八年的渡海到今天六十八年的成就，是另一代的發展，新詩六十年，現代詩三十年，值得我們省識、回顧。「詩人季刊」創自民國五十八年的臺中師專，至今也有十年的歷程，十年的努力，血汗斑斑，也值得我們再檢討，再出發。

過去的三十年現代詩發展，可以用「鄉愁與鄉土」五個字含括詩的各個不同風貌，中國是一個安土重遷的民族，鄉愁其實就是鄉土的延伸，張漢良提出的「田園模式」也就是鄉愁的同義詞。是鄉愁，所以表現爲現實的逃遁、無根的心態、都市文明的抗拒、田園的眷懷，以及文化上的鄉愁，這大約是前二十年現代詩的重要主題，其中最重要的卻是藝術技巧的開發與鍛鍊。後十年則是鄉土詩的興起，其時也正是詩人季刊同仁分別從中學教育踏入詩壇的開始，年靑一代的奮起，對於自己生長的這塊土地有更進一步的珍愛，對於詩語言與讀者的溝通上，有更進一步的開放覺醒。後十年詩壇的努力，顯現了鄉愁詩與鄉土詩的共同基點：那就是「鄉土精神」的建立與「表現技巧」的尋求，這是一個正確的大方向。

「鄉愁」是對過去的懷憶，「鄉土」是對現實的掌握，「鄉愁與鄉土」之後就是我們再出發的依據，我們站在紮紮實實的中國土地上，放眼世界，向未來開發，從鄉土建立起來的展望是眞正現代詩的發皇處，對於語言的把握，三十年的努力應該已經知道分寸，詩人多方面的探索是詩家的大幸，「詩人季刊」願意在純詩的創作上與所有詩人相互激發，相互策勵，邁向另一個十年，另一個三十年。

六十八年十月寫於木柵

原載「詩人季刊」第十三期

鄉土與詩的新意義

——論 吳晟

「樹欲靜而風不止，子欲養而親不待」，這是人子的風木之思，透露出「人在福中不知福」的悲情——不知把握當前的幸福，直到幸福消失才驚覺。

「鄉土之愛」也是這樣。

「鄉土之愛」的驚覺必定基於兩種原因：

一是離開鄉土，離鄉背井的人與故園的空間距離愈大，則鄉土之愛愈深，時間愈久，則鄉土之愛愈濃。「他鄉遇故知」之所以成爲人生一樂，正是這種愛的表現。王維說：「君自故鄉來，應知故鄉事」，君應知故鄉事是因爲君自故鄉來，更因爲我熟悉故鄉事，我關懷故鄉事：「來日綺窗前，寒梅著花未？」所有的鄉土之愛凝聚於寒梅開花的這一點關切。王維又說：「獨在異鄉爲異客，每逢佳節倍思親」，「親」是故鄉的人，客居異鄉更想念故鄉的人，這種深濃的想念，王維卻從反面來增強：「遙知兄弟登高處，徧揷茱萸少一人」，以兄弟對他的思念反襯自己的鄉土之愛。

至此，我們可以了解：離鄉背井之後才發覺自己對鄉土的濃濃之愛，這份「愛」因爲時空的隔絕而衍化爲「愁」，這就是「鄉愁」，中國古詩人由於貶謫、流徙，多有是作，隨政府來臺三十年的現代詩人如羊令野、張默、辛鬱等人，也不時在詩中咀嚼這種不盡的鄉愁，甚至於臺灣長大，渡海深造的留學生，負笈北上的遊子，也一再地吐露着鄉思之情，足見中國人的鄉土之愛旣深且廣，不容抹煞。

鄉土之愛的第二種驚覺原因，卻是「鄉土被侵」，因而興起保衞鄉土的意念，離開鄉土是「我離開鄉土」，鄉土可能還是原來的樣子，鄉土被侵則是「他侵侮我的鄉土」，鄉土可能被汚染。兩者都因自我意識而驚覺，後者則具有排他性。

因此，如果要談鄉土詩，可能要包含幾種不同的層次，依據上面兩種驚覺的原因，約略可以畫分爲三個層次，其順序應爲：

鄉土之美

鄉土之思

鄉土之衞

非如此不得稱之爲鄉土詩，但超越了這個層次，也不是眞正的鄉土詩。

鄉土之美是最基本的層次，離開這個層次，無法談鄉土詩，因爲鄉土不能不美，敝帚自珍的心理是鄉土文學發皇的基礎。從小學作文「我的家」開始，每個人心目中的鄉土都是美的，可愛的，卽令是茅屋旁的一草一木，一瓦一石，都是親切珍貴的，月是故鄉的圓，故鄉的亮，這是每一個熱愛鄉土的人的共同感覺。

以相當愉悅的心情來描繪鄉土之美，很可能就是古典詩歌中的田園詩、山水詩，在文字技巧與詩人心態上，恐怕都有唯美的傾向，而且較爲偏重靜態的描述，其中如陶淵明、鄭板橋已有活動的生活實況的捕捉。吳晟的鄉土詩中這類詩很少，甚至於可以說相當缺乏，這其間最大的不同在於：田園詩與山水詩的作者，是以「欣賞」的態度加以美化，而吳晟則是站在「批判者」的立場，以鄉土與鄉土之外的事物比較，心情自非田園山水之美的欣賞者所可曉喩。

更進一步言，吳晟的語言不是美化的詩語言，而是淺白俚俗的詩語言，而且往往直接以鄉土的語言，寫作鄉土的人、事、物，以表達濃厚的鄉土感情，語言是鄉土的，題材是鄉土的，感情是鄉土的，這三點缺一不可，這是吳晟鄉土詩的基本特色。因此，吳晟的鄉土詩中的「鄉土之美」，異於田園詩、山水詩中的美，我們可以從「眞」與「辨」兩字來加以分析：首先，古典詩歌的作者並不曾眞正荷鋤下田，日出而作，因此他所見到的田園之美，山林之勝，是有距離的欣賞，吳晟從小生長於鄉野，農專畢業後，返鄉耕農，早出晚歸，與泥土爲伍，與炙陽風霜博鬥，是無距離的參與，他的詩是眞正生活體驗之所得，能得其眞，所以爲善。其次，吳晟能辨，吳晟是知識份子，他見過都市的浮華汚染，能辨識其間的淸純與否，因而也能理解農民的眞正困窮，發而爲詩，自然具有批判力量，這與長年居於鄉野的農民意識不同，也與偏愛山光水色的遊客意識不同，更與遯居山林的隱士意識不同，吳晟生乎其中，出乎其外，又入乎其中，詩中所顯示的「眞」與「辨」的認識，才是眞正吳晟鄉土詩的最大特色。因此，吳晟的鄉土之美就不是十分愉悅的了！

至於鄉土詩的第二個層次「鄉土之思」，因爲吳晟不曾眞正遠離家鄉，不曾離開臺灣本土，思鄉之作也就付諸闕如，但我們可以從近三十年來其他現代詩人的作品中了解到：「鄉愁」也是從五十年代以至於七十年代詩作的重要主題，這是中國人根植於鄉土的愛的體現。

吳晟雖無「鄉土之思」的作品，但對於遠離鄉土的故鄉人，他卻在詩中殷殷期盼他們的「鄉土之思」，這樣的作品收集在「愚直書簡」中：

不知道，你可曾像母親這樣惦念你
惦念著逐漸衰老的母親？
不知道，我們從小吃慣的
又好吃又便宜的番藷
可曾在你的記憶中出現？

——節錄自「美國籍」一詩

這份期盼，甚至於演變成咄咄逼人的氣勢：

終於，你也走了
你還會回來嗎？
在異族歧視的眼神中
你和我們這塊土地的血緣
你切得斷嗎？
你未來的子孫切得斷嗎？
我們整個民族的苦難和傷痛
你能輕易忘記嗎？

——節錄自「你也走了」一詩

可以看出吳晟的鄉土之思轉化為鄉土之戀，從刻繪鄉土轉為擁抱鄉土，甚至於保衞鄉土，到了「鄉土之衞」的層次，鄉土詩才算眞正完成。吳晟的鄉土詩就是站在鄉土之衞的層次上而寫的。

余光中談到詩人「從天眞而自覺」時，曾斷言：「只有等吳晟這樣的作者出現，鄉土詩才算有了明確的面貌。」這時候的余光中看到的是吳晟的「吾鄉印象」，「吾鄉印象」很有系統地寫出社會變遷中農村的眞貌，一共分為四輯，第一輯是泥土篇，環繞著作者的母親而寫：「不在意遠方城市的文明／怎樣嘲笑，母親／在我家這片田地上／用一生的汗水，灌溉她的夢」，母親的臉是消瘦的，手是堅韌的繭，脚是凍裂的，野餐是混着泥沙的醃菜，母親的苦，作者的怨，可以在這輯詩中體味出來：

母親啊，您的脚掌
每一道裂痕滲出的血，滴滴
滴在我們心中，母親
那是怎樣的絞痛

——節錄自「脚」一詩

這樣的苦是與遠方城市的文明比較而來的，這在第二輯「吾鄉印象」中更爲顯明，時時可見被遺棄了的田野，破落的庭院，無奈的夜晚，容易變臉的老天，畏縮的臉，默默的苦笑。吳晟的刻畫十分尖銳：

容易變臉的老天
陰陰冷冷的恥笑
坐在客廳唱著歌的人們

以一大堆雄辯的理論
陰陰冷冷的指責
所有的苦勸，所有的恥笑和指責
金閃閃的閃電交映下
你們都明明白白
慘叫倒下，渾身發黑的同伴
你們都記憶深深
爲什麼，爲什麼還不擱下農具？

——節錄自「雷殛」一詩

詩人要說的是：雷雨中不能擱下農具的苦難，誰人理解？誰人同情？

第三輯的「禽畜篇」，第四輯的「植物篇」，更見出吳晟選取鄉土名物具有強烈的憐憫與自衞意識，哀怨之情十分濃厚。譬如寫「鷄」時，這樣勸說：「其實，所有的戒備／都只是徒然的姿態／既然已經忘記歌唱／黑暗中，也不必拼命啼叫太陽／陽光並不能阻擋任何災禍」。再如「牽牛花」這首詩，藉着花草寫出自己的惶恐：「在陽光下微笑，在月光下說故事的／吾鄉的老人家，那裏去了？／他們擠在荒涼的公墓／吾鄉的牽牛花，憂悒的懷念着。」

「有一天，我們將去那裏？／吾鄉的牽牛花，惶恐的納悶着」。

這樣的自覺或納悶來自整個社會激烈的衝激，物質的欲望、文化的認知、道德意識的評價、政治與經濟型態的轉變，都可能帶來迷惘與醒悟，吳晟的詩就是這種社會變遷下的產物，他有他的迷惘，也有他的自覺，他的迷惘可能在詩中演化為自怨自傷的情緒，他的自覺可能形成護衞鄉土的意識。「吾鄉印象」中的作品，這兩種意識型態時時糾結在一起，怨尤之情甚至於要超過護衞意識，而這種怨尤之情並非純正中國農民的怨尤，而是一個有自覺意識的詩人因鄉土之愛所發出的怨尤。因此，如果不是因為社會變遷，不是因為自我覺醒，吳晟的鄉土詩就不可能成型！

就因為這種巨大的變遷，使得吳晟的鄉土詩有了更進一步的發展，那就是「愚直書簡」和「向孩子說」這兩輯詩作的出現，我們也許可以說：「只有等愚直書簡這樣的詩作出現，吳晟的鄉土詩才算有了明確的面目。」更積極地表露了維護鄉土與抗拒外力的思想核心與運思主軸，書簡與家訓不過是兩種不同的面具而已。

以「愚直書簡」而言，直接批判了移民異邦和歸國學人的「過客」意識，是基於傳統的「不農則不地著」、「安土重遷」的農民立場，這是採取「攻勢」的鄉土之衞，鋒芒銳利。我們引錄「我竟忘了問起你」第三段，可以概見其餘：

這一次你遠行歸來

還是這樣難得晴朗的冬季
望著你飛揚的神采
聽著你對異國的無限嚮往
我竟忘了問起你
一年來，你在到處是劍的島國
怎樣漠視每一支劍上
仍滴著中國人民慘痛的鮮血？
怎樣遺忘曾是殖民地的家鄉
受盡踐踏和凌辱的控訴？

這首詩含括前面所述的特點，彷如一把匕首，刺進了居住於「曾是殖民地的」家鄉的我們，當然也刺進詩中的「你」的心中，只是不知「你」是否還有這種感覺而已。詩的進展分爲三段，首段只詢及「年輕的孤獨」、「飄零的鄉愁」，這是正常的家常問話，次段的問話則顯示「你」已忘本，拒絕家鄉和親人入夢。此爲第三段，提醒「你」：不要漠視「你」所在的島國每一支劍上都滴着中國人民慘痛的鮮血，不要忘記曾經是殖民地的家鄉受盡踐踏和凌辱的控訴。從「憔悴的臉色」所顯現的「鄉愁」，到「飛揚的神采」所對照的「國仇」，這首詩的三段很有力地表現出來。一再重覆說「我竟忘了問起你」，是不忍問，不敢問，並不是眞的忘了問——更表現出心情的悲痛！

這首詩發出的力量，是來自鄉土的愛。這樣的詩，是眞正的鄉土詩。

反過來看「向孩子說」，則是採取「守勢」的鄉土之衞，詩中不免自傷，苦惱，顯現極大的挫敗感，但也因爲長久廣博的親子之愛，表達出中國人堅忍的天性。這輯詩溫和地護衞鄉土、敎育孩子，內歛而隱忍的力量，可以如細水之長流，文火之鍛冶，較諸咄咄逼人的書簡，更能產生長遠的影響力，也更符合中國農民傳統的普遍特質，眞正守住泥土，放開胸懷的毅力與心胸。

早期的「吾鄉印象」，有著濃厚的怨尤情緒，嚴格說，詩中的怨尤不是農民的怨尤，而是吳晟的怨尤，以吳晟筆下的母親而言，任勞任怨，逆來順受，從未表露對人生不滿，對天地不滿，詩中所有的怨尤之語都是吳晟對母親、對鄉土之愛而引發的。吳晟的詩是吳晟的批判意識，而不是中國農民的思想內涵。吳晟的詩不曾寫出中國農民寬厚的臂膀與胸懷，中國農民寬厚的臂膀是力之美的追求，吳晟的鄉土詩未及於此；中國農民寬厚的胸懷是如大地一樣的眞與善的完成，吳晟的鄉土詩也未及於此。因此，「向孩子說」這輯詩因爲親子之愛而漸漸泯除怨尤情緒，這一特點就值得我們加以特別注視。

「怨」，隱含「比較」與「對抗」的意識，「酸氣」則泯除「對抗」之意，多了一份傷憐。「向孩子說」的詩作中由比較而挫敗，由挫敗而苦惱，這份苦惱不再含有怨意，卻有不盡的傷憐和酸氣。譬如「成長」這首詩，說：「在沒有掌聲的環境中／默默成長的孩子／長大後，才不會使盡手段搶鏡頭／不習慣遭受冷落」「在沒有玩具的環境中／辛勤地成長的孩子／長大後，才不會將別人／也當做自己的玩具」。從這兩段詩中可以看出，「沒有掌聲」是苦惱，酸氣則是「不會使盡手段搶鏡頭」，「沒有玩具」是苦惱，酸氣則是「不會將別人也當做自己的玩具」，酸氣就是一種自我傷憐，自我慰勉，在鄉土詩中也許不能避免或消除。但是，從怨懟而傷憐是一種進步，因為其中隱含愛的教育，我們相信，眞正的鄉土之愛還能將傷憐之情昇華為憂國憂民的憂患意識。從「怨」到「憂」是吳晟鄉土詩達於完成的至善之境，「向孩子說」以後，我們有信心期待這種至善之境的到來。

憂與怨，終有所別。怨，使人停留於對立的現況而不知茁壯自己，甚而以破壞別人為增建自己的必然梯階；憂，則是憂人也憂己，茁壯自己之時不妨促進別人，勵己以助人，這種憂國憂民，憂己憂人的憂患意識，才更接近中國農民寬厚的包容胸懷，才是眞正的吾鄉印象。

換句話說，植根泥土是每個中國人最基本的願望，中國人永遠不懷疑自己與泥土的血緣關係，但是，我們也必須了解，深入泥土，紮穩自己的根，是為了向天空伸長，期望開花、結果。泥土是根，是本，天空卻是枝葉爭著繁茂，花果競相豐碩之處，我們必須抬起頭，望向未來，為未來而憂，是憂，不是怨，憂未來的苦難，不是怨現在的辛酸。

能憂的人，才會把眼光放遠，看得遠，想得遠。

能憂的人，才會爲更廣大的人羣設想，設想得更周全。民胞物與的襟懷，繼往開來的擔當，都是因爲知道「憂」而不知道「怨」。

能憂的人，才更能確認苦難環境下人性的尊嚴，更能擴大鄉土之愛，爲苦難的中國而憂，爲人類而憂：

聽一聽我們的江河，有多少話要說
探一探我們的山嶽，蘊藏多少博愛
望一望我們的平原，胸懷有多遼潤
告訴你們不要忘了
這是我們未曾見過
却是多麼親切的江河山嶽和平原

這是吳晟詩集「泥土」中最後一首的片斷，鄉土詩人的憂患意識已逐漸形成而擴大，放眼天下，吳晟終將破土而出，伸向天空。

六八年十二月寫於木柵
原載「詩人季刊」第十四期

詩的各種面貌

一、述志詩的先知

狼之獨步　紀弦

我乃曠野裏獨來獨往的一匹狼。
不是先知，沒有半個字的嘆息。
而恆以數聲悽厲已極之長嗥
搖撼彼空無一物之天地，
使天地戰慄如同發了瘧疾；
並刮起涼風颯颯的，颯颯颯颯的：
這就是一種過癮。

紀弦的好詩大都出現在民國四十五年左右，屬於「臺灣時期」的前期作品。「狼之獨步」很能表達做為「現代詩」播種者的心境，孤獨而行，義無反顧，不為名利，只求過癮。如果我們探討一下紀弦與現代詩運動的關係，或許更能了解「狼之獨步」。

紀弦，本名路逾，陝西盩厔人，民國二年生，十六歲即開始寫詩，二十歲畢業於蘇州美專，先後與戴杜衡、戴望舒、覃子豪相識，曾多次創辦詩刊，出版詩集，民國三十七年離滬來臺，曾任「平言日報」副刊「熱風」編輯，次年，執教於臺北成功中學，直至六十三年退休。民國四十二年，四十歲的紀弦創辦「現代詩」季刊，大力提倡詩的創作，獎掖後進，四十五年結合八十多位詩人組成「現代派」，聲勢浩大，發表宣言及信條，影響現代詩的發展極為深遠，並曾與圈外人士，藍星詩社覃子豪、余光中、黃用等論戰，筆勢犀利。此時，紀弦本身詩的創作與理論，達至最高峯時代。三部詩論集及重要作品大都寫於此時。

從五十二年至六十三年，紀弦著手編印「紀弦自選詩」，共七卷，依次為「摘星的少年」、「飲者詩抄」，（這兩册是大陸時期的作品，止於三十七年），「檳榔樹甲集」以至「檳榔樹戊集」五卷（這是臺灣時期的作品，止於六十二年），紀弦重要作品盡在於此。其後作品銳減，六十三年至六十五年間的詩作，曾編成「晚景」一部，未見出版。六十五年赴美，詩作更稀。

「狼之獨步」可說是一篇「述志詩」，紀弦的大部份詩作，以述志為主，甚至於可以說，紀弦好的詩篇大約就是述志詩。「詩言志，歌永言」，原來就是一個正確的方向。

紀弦把自己喻爲一匹狼，獨來獨往的一匹狼，狼之爲物，本來就不易讓人興起「親近」的感覺，這樣的一匹狼，自然應該生活在曠野裏，任他奔馳、長嘷。這個譬喻十分貼切。

紀弦是不卑不亢的，不認爲自己是「先知」，也沒有半個字的「嘆息」，這是爲人、也是作詩的態度，「先知」是理性的預測，「嘆息」是感性的哀怨，紀弦詩中容或有狂傲之氣，但並未擺出先知的姿態，「嘆息」之聲更爲少聞，反而有著不少嘲謔性的詼諧。

面對着天地，紀弦認爲是空無一物的，頗有睥睨萬物之姿，狼的長嘷搖撼空無一物的天地，使天地戰慄不已，很像一代宗師開宗立派的氣象，豪邁無比，這就是一種過癮。此詩不僅是紀弦一人的寫照，甚至於也隱示了現代詩「獨步」的命運。

「狼之獨步」寫於民國五十三年，次年他又寫了一首「過程」，顯示了紀弦對於「狼」及「獨步」的喜愛，也是一首述志詩，開始第一句獨立一行：「狼一般細的腿，投瘦瘦、長長的陰影，在龜裂的大地。」紀弦身材修長，「狼一般細的腿」是寫實之句。引錄「過程」最後一段，更幫助我們了解「狼之獨步」的矜持：

多少年來，
這古怪的傢伙，是唯一的過客；
他揚著手杖，緩緩地走向血紅的落日，

而消失在暮靄冉冉升起的弧形地平線，
那不再回顧的獨步之姿，
是多麼的矜持。

二、形銷骨立的本然存在

風景 其二

林亨泰

防風林 的
外邊 還有
防風林 的
外邊 還有
防風林 的
外邊 還有
然而海 以及波的羅列
然而海 以及波的羅列

「形銷骨立」是對這首詩最適當的評語。

第一段重覆着「防風林的外邊還有防風林……」，是因爲實際的景物——一排排不盡的防風林，出現在眼前，因而以圖象詩來造成林的層疊。如果你曾到過彰化二林的田野間，你會發覺唯有林亨泰這樣的寫法才足以再現「防風林」的層層衍遞，而且，「防風林」的存在原是爲了顯示「風」的存在，風必定使得林搖蕩、起伏，第一段六行中的空格（卽「防風林」與「的」之間，「外邊」與「還有」之間的空白），彷彿密林中偶而閃現的光芒，一閃一閃的，正是實際上防風林正常的光影閃滅現象。如果我們把文字部份改爲「線條」，那種面對一排防風林的感覺，更是逼眞：

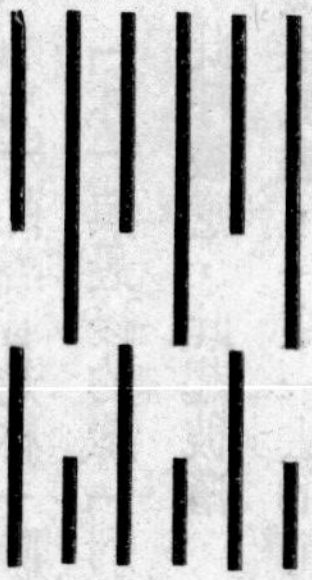

就通順的文句而言，應該是「防風林的外邊還有防風林，防風林的外邊還有防風林，防風林……」但是，那種一排一排綿延不盡的防風林感覺，就無法表達出來，氣勢上也消失了緊迫釘人的壓迫感，因此省略一個「防風林」，效果顯然好多了，不僅收到「層遞」的空間感，也消除了

「重覆」的疲累感。

聲韻方面，小小的一首詩也變化萬千，令人嘆爲觀止！第一段，三一三的斷句法，就具備了很好的聲韻，如果再跟第二段連着看，則「還」與「海」的音十分接近，可以說是依賴着聲音的延續而連接，「嗨嗨」的聲音是林「防風」所引生的風聲，也是海中波濤的聲音，澎湃不停的旋盪開來。其次，「林」與最後的羅「列」又具有「雙聲」的關係，是另一種緊密的接合，一在句首，一在句尾，此呼彼應，此起彼落，煞是可觀，「海」、「林」兩字的聲韻再一合配，整首詩所給人的那種風來風去，一來一去的節奏效果十分顯朗可感了！

俗話說「耳聞不如目睹」，文學亦復如此，防風林是視覺效果，海與波雖然稱之爲「羅列」，其實並未望見，只是聽覺效果而已！視覺效果自然大於聽覺效果，第一段的聲勢要大於第二段，眼前景物卽是「防風林」，「海」則還在遙遠的那邊，只聽到海風呼呼罷了。可以說，防風林是近景，造形大，海是遠景，淡淡的藍而已。海是背景，襯托了林的劍拔弩張，這種寫法合乎繪畫的透視法。由此可以解決文法上的一個小問題，那就是「然而海 以及波的羅列」應該當做「疑問句」使用，「然而海 以及波的羅列呢？」不敢相信它們眞的羅列在遠方，它們眞的存在嗎？這種問話是因爲「防風林」不盡的「還有」，令人想到：「海呢？」是靠近海了，但未看到海。這首詩的外在形式，是與一般常識性的了解相反，林木應是挺直的，靜態的，但兩段相比，卻使人有廣袤的、擴張的感覺；海應是平面的，動盪的，詩人卻以兩直行言其「羅列」，這樣的目的應該是爲了加強「防風林」的層層衍遞，層層衍遞的「防風林」給予詩人極大的震懾，這是此詩的最大效果。

此詩沒有修飾語，動詞的作用也隱至最小（「有」是表靜態的存在，「羅列」在此成爲「動名詞」），與馬致遠的「天淨沙」（秋思）相比，馬致遠的名詞都已加上了形容詞；「枯」藤，「老」樹，「瘦」馬，「斷腸」人，因此可以取得與讀者感情共鳴的同一歸趨。林亨泰則以本然的存在狀態存在，讀者的感情依賴自己去延伸。所以我們說：這是一首「形銷骨立」的詩。

三、有戲劇情節的社會寫實詩

鹽　瘂弦

二嬤嬤壓根兒也沒見過退斯妥也夫斯基。春天
她只叫著一句話：鹽呀，鹽呀，給我一把鹽
呀！天使們就在榆樹上歌唱。那年豌豆差不多
完全沒有開花。

鹽務大臣的駱隊在七百里以外的海湄走著。二嬷嬷的盲瞳裏一束藻草也沒有過。她只叫著一句話：鹽呀，鹽呀，給我一把鹽呀！天使們嬉笑著把雪搖給她。

一九一一年黨人們到了武昌。而二嬷嬷却從吊在榆樹上的裹脚帶上，走進了野狗的呼吸中，禿鷲的翅膀裏；且很多聲音傷逝在風中：鹽呀，鹽呀，給我一把鹽呀！那年豌豆差不多完全開了白花。退斯妥也夫斯基壓根兒也沒見過二嬷嬷。

這是一首「散文詩」。散文詩的形式是散文的（不分行），表現方法仍然是詩的。也有人將這種詩稱爲「分段詩」，因爲這種詩只分段不分行，有別於一般的「分行詩」；而且稱爲「散文詩」有它的缺點，散文是與韻文相對的，現代詩並不講求押韻，也無特定形式，那麼，現代詩應全是散文詩才對呀！與散文詩相對的是否也有「韻文詩」呢？並沒有，可見這個名稱並不恰當。

但大家都認同「散文的形式，詩的表現手法」這個定義，也就沿用下來了。散文詩的高手，中年一代的如商禽，年輕一代的如蘇紹連、渡也，都有極傑出的表現。瘂弦不過是偶一爲之而已，眞正的大家並不排斥任何一種表現手法，也不爲形式所拘限。

「鹽」是一首有「小說企圖」的詩，有主角、配角，也有本事，更有主題。因爲它有小小說的規模，理解它自然也就容易了。

二嬤嬤是中國北方的一個老太婆，退斯妥也夫斯基是俄國小說家，前者代表現實中的人，實際生活著的人，在她的生活範圍裡絕不會出現退斯妥也夫斯基，她需要的是實際的生活中的必需品，「鹽呀，鹽呀，給我一把鹽呀！」鹽就是物質生活的代表，在每一段中都這樣呼喊著，表示了她的渴求。「二嬤嬤壓根兒也沒見過退斯妥也夫斯基」，把兩個極不相干的人放在一起，令人有突兀的嘲諷感，退斯妥也斯基不需有特別的常識來理解，他所代表的是相對於「鹽」的一種文學上的修養而已，二嬤嬤壓根兒不需要這種認識，她需要的是「活下去」的憑藉。

二嬤嬤需要的是鹽，結果並未獲得，「天使們就在榆樹上歌唱」，榆樹在春天裡是開了白色的小花，但那不是鹽，那年豌豆差不多完全沒開花，嬤嬤的希望落空了。

第二段，鹽務大臣積極尋求解決的辦法，「二嬤嬤的盲瞳裡一束藻草也沒有過」，並未解決問題。鹽務大臣的「駱隊」在「海湄」走著，也是一句嘲諷語，嘲諷清朝官吏的顢頇無能吧！第一段未提及二嬤嬤是否眼瞎，第三段的二嬤嬤卻有著「盲瞳」，是望眼欲穿而瞎吧！她仍然只叫著一句話，「天使們嬉笑著把雪搖給她」，春天已逝，冬天到了，「白雪飄飄何所似？撒鹽空中差可擬。」雪花雖白，終究不是鹽！

一九一一年黨人們到了武昌，革命即將成功，而二嬤嬤卻等不及了，上吊死了，兵荒馬亂的時候，也無人為她收屍，反為野狗、禿鷲所吃，「走進了野狗的呼吸中，禿鷲的翅膀裡」，二嬤嬤死了，她叫著的那一句話，仍然在大家的心中喊著，這時春天又到了，豌豆差不多完全開了白花。這樣的小小說，壓根兒退斯妥也夫斯基也沒見過。

這是一首社會寫實的詩，富有戲劇節情，雖無杜甫「三吏」、「三別」大開大合的氣勢，痛入骨髓的悲劇感，倒也為苦難時代留下了一點形影。

四、生命的淒然與韻律的淒然

坤伶　　瘂　弦

十六歲她的名字便流落在城裏

一種淒然的韻律

那杏仁色的雙臂應由宦官來守衛
　小小的髻兒啊清朝人爲她心碎

是玉堂春吧
(夜夜滿園子嗑瓜子兒的臉！)

『哭啊～～～』
雙手放在枷裏的她

有人說
在佳木斯曾跟一個白俄軍官混過

一種淒然的韻律
每個婦人咀咒她在每個城裏

這是一首富於感情的敍事詩。

第一段敍述十六歲時她已開始賣藝，流落在城裡，「她的名字便流落在城裡」，一方面代表了她演藝生涯的開始，一方面也顯示她有些許的知名度。但是這種戲子的生活是「一種淒然的韻律」，是生命的淒然與韻律的淒然相疊，與其後各段相互呼應，如第二段「清朝人爲她心碎」，第四段「雙手放在枷裡的她」。最後一段又重覆一次，更收餘音廻盪之效。

第二段寫她的出身，「那杏仁色的雙臂應由宦官來守衞」，可以看出她應是滿淸貴族的後裔，「應由宦官來守衞」的她如今淪落爲戲子，清朝人觸景傷情，爲她心碎。「杏仁色的雙臂」可以顯示她的嬌貴，正如以「明眸皓齒」形容美女一樣，是部份代全體的修辭法，第二句「小小的髻兒」也是相同用法，省卻許多無謂的修飾。

第三段一句「是玉堂春吧！」含蘊極廣，「玉堂春」是劇名，戲裡的玉堂春與舞臺下的她相疊合，人生如戲，是悲劇，戲如人生，淒苦的人生。下一段：雙手放在枷裡的她唱出：「哭啊——」（劇詞原文爲「苦啊——」，「苦啊」較佳），也同樣暗示戲中的角色正是她自己的寫照。「夜夜滿園子嗑瓜子兒的臉」以（）括住，是一句嘲諷式的描述，描述聽戲的人那種滿不在乎的輕鬆表情，「是玉堂春吧！」隨口問出而已，一面聽戲一面嗑瓜子兒，加強了坤伶的淒苦無人能會，「瓜子兒的臉」還可歧義爲「坤伶」的臉，聽戲的人是來欣賞她姣好的臉，並不曾眞正關心她的淒苦。

第五段說她曾跟一個白俄軍官混過，唱戲生涯並未使她獲得一個好歸宿。到最後一段的兩句，她生命的悲歌仍是一種淒然的韻律，依然流落在每個城裡，而且還引來「每個婦人咀咒她」，生活的悲苦、墮落，應是日甚一日，竟不惜賣身而引起咀咒，煙視媚行，晚景淒涼，都可從這一句中理會出來。

這首詩從開始便在記敍一個坤伶坎坷的遭遇，她是有名有姓的戲子，是貴族後裔，仍不免淪爲娼婦，從此可以由特殊而及於普偏，對於戲子的生涯引起普遍的同情，這是詩人選擇題材時所期冀的反應。

瘂弦的詩以聲韻見長，此詩亦然，每段各行均叶韻，第一段與第六段的「裡」與「律」，第二段「衞」與「碎」，第五段「說」與「過」，第三、四段的「吧」「啊」「她」均是（此兩段的聲韻與語義均顯示：可合爲一段」。押韻不是詩最重要的技巧，但在大家不押韻的現代詩中，自有其不可磨滅的成效在，此詩敍述唱戲的坤伶一生之淒苦，以叶韻詩寫出，極適題材之需。但要注意的，此詩並不是像絕律那樣押韻，絕句律詩一首只用一韻，此詩則轉換了四次，兩句同用一個韻而已，如果能隨詩情的轉移而轉韻，一首之中不出兩韻，將使此詩更至佳境。

姚一葦先生曾根據瘂弦這首「坤伶」改寫成一首律詩，特錄下來以供大家欣賞、比較：

坤伶　　**姚一葦**

荳蔻華年窈窕身，鳳城風雨幾沉淪。

香肩合共宮娥侍，寶髻曾迷遜國臣。
佳木斯城憶滅燭，玉堂春曲最傷人。
此情尤其淒涼處，蜚語流言漫海濱。

五、生命本質的體認

如歌的行板

瘂弦

溫柔之必要
肯定之必要
一點點酒和木樨花之必要
正正經經看一名女子走過之必要
君非海明威此一起碼認識之必要
歐戰、雨、加農砲、天氣與紅十字會之必要
散步之必要
溜狗之必要

薄荷茶之必要
每晚七點鐘自證券交易所彼端
草一般飄起來的謠言之必要。旋轉玻璃門
之必要。盤尼西林之必要。暗殺之必要。晚報之必要。
穿法蘭絨長褲之必要。馬票之必要
姑母遺產繼承之必要
陽臺、海、微笑之必要
懶洋洋之必要

而既被目爲一條河總得繼續流下去的
世界老這樣總這樣：——
觀音在遠遠的山上
罌粟在罌粟的田裏

瘂弦與鄭愁予的詩，同樣令人著迷，瘂弦勝在動人的音調，鄭愁予則擅於運轉珠玉。瘂弦處理節奏，不落痕跡，而巧似天工，每首詩有每首詩不同的調子，頗能切合詩意之所需。

「如歌的行板」，可以說是馬致遠的「天淨沙」（秋思）的另一種變奏，前面兩段，十九種必要，可以視爲「枯藤老樹昏鴉」以至於「夕陽西下」的十個名物，最後一段的「觀音在遠遠的山上，罌粟在罌粟的田裡」則相當於「斷腸人在天涯」。（張默的「無調之歌」亦類似此調之變），但形式可歸結於此，內容則不相類，要更繁複多了，不僅物類增加，句式的變化也盡其所能靈活轉換。雖分兩段，實則一段而已，「每晚七點鐘自證劵交易所彼端／草一般飄起來的謠言之必要」被斷爲兩半，分置於第一、二段間，使句式變化更多，節奏變化更大，不使「必要」成爲累贅。

分析這十九種必要，自有相反相合之處，大約可以分爲三大類：

一是名物：如「一點點酒和木樨花」、「歐戰、雨、加農砲、天氣與紅十字會」、「薄荷茶」、「草一般飄起來的謠言」、「盤尼西林」、「晚報」、「馬票」、「陽臺、海、微笑」，從這些名物可以嗅出戰爭的氣息，以及一點享樂主義的傾向。

二是行爲：如「散步」、「溜狗」、「旋轉玻璃門」、「暗殺」、「穿法蘭絨長褲」、「姑母遺產繼承」等。

三是態度：如「溫柔」、「肯定」、「正正經經看一名女子走過」、「君非海明威此一起碼認識」、「懶洋洋」等。此項行爲與態度，更能加強上述戰爭與享樂結伴而來的那種不安的情緒。

我們稱詩裡的情緒爲「不安」，還可以從「必要」兩字尋獲，譬如說：「溫柔之必要」，其意有二，一是目前的態度不溫柔，而溫柔有其必要，二是目前態度溫柔，但又不能確定溫柔是否必要，所以說溫柔之必要，其理在此。這其中當然透露出「不安」的情緒。戰爭使人「不安」，「享樂」也使人不安，因爲這種情緒的不安，才能接下一段：「而既被目爲一條河總得繼續流下去」的既達觀而又無可奈何的「流下去」的體認。

最後四句，透露了瘂弦對生命本質的體認，是誰說的：「生命再貴，我也總得買它一點。」既然被目爲河，總得繼續流下去，這是中國人順天從命，與天地同生的哲理。「流下去」是生命力堅韌的表現，是一種隨遇而安的處世態度，所以「觀音在遠遠的山上，罌粟在罌粟的田裡」，萬物相生而不相悖，生命之歌，各人不同，但總得唱下去呀！回應前面兩段十九種必要，我們可以發現他的感情與理性是相合爲一的，看似漫不經心的十九種必要，其實寓有極爲深切的生命的體認。

六、人與自然的衝突與和諧

荷

管管

「那里曾經是一湖一湖的泥土」
「你是指這一地一地的荷花」
「現在又是一間一間沼澤了」
「你是指這一池一池的樓房」
「是一池一池的樓房嗎」
「不，却是一屋一屋的荷花了」

洛夫曾經說：走進管管心之內室，瞭解其人其詩，需要三把鑰匙，這三把鑰匙是：

①張默的話：
「他的詩有輕微的舖陳性
他的詩有超現實的異味
他的詩有歇斯底里的狂熱
他的詩有半抽象的概念」

②辛鬱的話：
「他可能是一片曠野，一陣煙雲與一場驟雨的組合。」

③「七十年代詩選」評語：

「在中國詩壇，以呼嘯之姿，以快動作與夫荒野大鏢客的粗獷，以一種滿不在乎的醉態

……他大吃大喝，他仰天作極悽厲之呼喊，這就是他。」

洛夫自已則認爲，管管心中的確隱藏著兩個魔：一是「超現實」的魔，一是「禪」的魔。在一次「談詩小聚」，討論他的作品時，管管自已也承認他深深喜愛「超現實主義」的表現手法，與中國「禪」的特殊味道。

「荷」這首詩，也許就近乎「超現實主義」的表現方法了，至於其中是否有「禪」味？因爲各人體悟不同，容或有極大的差異，不敢置評。我們就表現的方法上來分析這首詩。

這首詩最大的表現特色有兩點：一是採用問答式，如果說它跟禪有關，大約就是這種「設問」頗似禪師的機鋒相對。二是冠詞的用法與一般習慣不同，如「一湖的泥土」「一地的荷花」「一間的沼澤」「一池的樓房」「一屋的荷花」，這一特色，是眞能引人開拓思索之境的有力指標。前面兩句，理解上不會有問題，「那里曾經是一湖一湖的泥土」，是指荷塘的乾涸，淤泥的暴露，「你是指這一地一地的荷花」，則知荷葉青茂，荷花盛開，不見泥土與池水，只見荷花一地了。其次兩句較難索解，可否解釋爲：施工中的沼澤之地的素描，從荷塘而建造樓房的轉變過程？最後兩句，順理成章，應可解釋爲：樓房中的人又在花瓶中供奉起荷花了，所以是「一屋一屋的荷花」。

依照這樣的理性解析，管管的「荷」應可引伸爲兩種生命現象的體悟，一是滄海桑田的變幻

無窮，短短六句對話令人感悟斯須變化，生命無常，從泥土、荷花、沼澤、樓房，又到荷花，人又須執著什麼呢？昨日的泥土是今日的荷花，今天的荷花可能又成爲明天的沼澤了，誰是誰非？何必我執！

第二個體悟應該是人與自然的衝突與和諧，人費了極大的力氣去克服自然，與自然爭鬪不停，結果發現反被自然征服了！從「一地一地的荷花」中建起了「一池一池的樓房」，住居於物質文明興盛的人類竟然又創造了「一屋一屋的荷花」，破壞了自然，又爲自然所降服，這就是今日人類可笑的行徑。「荷」，是否也可音訓爲「何」？「爲什麼呢？」這種矛盾的行徑，也許只有矛盾的語法才適合表達吧！

七、舊格局的新造形

臉　　管管

愛戀中的伊是一柄春光燦爛的小刀
一柄春光燦爛的小刀割著吾的肌膚
被割之樹的肌膚誕生著一簇一簇嬰芽

伊那嬰芽的手指是一柄柄春光燦爛的小刀
一葉葉春光燦爛的小刀上開著花
一滴滴紅花中結著一張張青果
一張張痛苦的果子是吾一枚枚的臉
吾那一枚枚的臉被伊那一柄柄春光燦爛的小刀
割著！
割著！

戀愛的滋味如何？

也許要從管管的「臉」中去體會，戀愛之酸甜苦辣，百味雜陳，管管有深刻的呈現。「愛戀中的伊是一柄春光燦爛的小刀」，把握了戀人神采煥發的英姿，這一英姿也許正是後來引發我復甦，以至於成長的力量，然而，成長的過程也是百般艱辛的。第三行以後，戀的悲苦與生長的力圖突破，其歷程之艱難困厄，已相疊合，也正因爲這樣的疊合，使得「臉」這首詩擴展了它的義涵，不僅是一首抒情之作而已。題目爲「臉」，可諧音爲「憐」或「戀」，是一種自憐，或自戀的體現，卽使以「臉」而言，那也是生命再生的一種刻痕。

戀愛，其實就是生命「再生」的另一種意義，經由「苦難」、「蛻變」、「羽化」而「再生」，再生的過程如是，戀愛的過程亦如是。因此，「臉」的意義就不止於戀的苦痛與喜悅了，更可以說是再生的掙扎與舒放，是生命成長的一種嶄新的變貌。

第二句「一柄春光燦爛的小刀割著吾的肌膚」，是一句矛盾語，「燦爛」與「割著」是截然相異的兩種感受，卻在同一句中出現，甚至於同在一個生命體中游動著。視覺的燦爛，與觸覺的刀割，促醒我面對一個全新生命的降臨，這是何等異樣的凌遲啊！眞正的苦痛是預知要來、等着他來、終於來臨的苦痛，引頸待戮的那一剎時，多少的感觸在心中翻動啊！

當然，我們也不可忘記這是一柄「春光」燦爛的「小刀」。因爲春光燦爛，所以「樹的肌膚」能誕生「一簇一簇嬰芽」，一葉葉的小刀能開花，能結著一張張青果。春是一種如戀愛般的喜悅，春是生長的時序，這幾行詩的發展十分貼合我們的生活經驗——春光燦爛，漾著喜悅。同時，我們也發現「小刀」的力量，萌芽、開花、結果，都是因爲「小刀」的出現，一首十行詩中出現五次小刀，小刀代表新生的催生者，就像婦產科醫生的那把剖腹生產的刀，迎接新生命；就像雕刻家的那把刀，爲腐朽後的木頭再創新生命；更像時間那把看不見的刀，在人的臉上刻著成長的刀痕。最後兩行，強調「割著！割著！」小刀的意象又反覆加強著。

樹，也許不老，但終究是一種已經定形的物，就像藝術生命一樣，當藝術生命登峯造極時，當藝術手法用了再用成爲一種習套以後，必須尋求突變，尋求另一種再生，「春光燦爛的小刀割著！」就是尋求一種生命力的再突破，尋求一種舊格局的新造形。「割著！割著！」，正代表著這種新生命的追求是永無止盡的。

八、物我合一的無盡關懷

空原上之小樹呀

管管

之一

每當吾看見那種遠遠的天邊的空原上
在風中
在日落中
站著
幾株
瘦瘦的
小樹
吾就恨不得馬上跑到那幾株小樹站的地方
望

雖然
在那幾株小樹站的地方吾又會看見遠遠的天邊上的空原上
在風中
在日落中
站著
幾株
瘦瘦的
小樹

雖然
吾恨不得馬上跑上去
雖然
雖然
那另一個遠遠的天邊的空原上
也許是

一座
塔

雖然
那人
越跑
越小
像一隻星

之二

每當我看見那種遠遠的天邊的空原上
在風中
在日落中
站著
幾株

瘦瘦的
小樹
吾就恨不得馬上跑上去
與小樹們
站在
一起

像一匹馬
或者
與小樹們
站在一起
哭泣

這首詩在管管的作品裡是十分清爽的，無超現實的魔，也無禪魔，但他很容易引起讀者的同感——認同感，是現代詩中極值得推廣與保存的一首詩。

我們贊賞「空原上之小樹呀」，有三點最主要的理由：

第一，詩是反覆吟唱的。

詩與樂，在形式上或實質上不可分離，從古國風到現代民歌，從詩到曲，無不如此。歷史上每次音樂新血的輸入，往往造成詩的形式的改變，唐詩與元曲是詩樂一起受到衝激而變的最佳顯例，新詩、現代詩接納西洋詩的語文習慣、西洋音樂的刺激，也是不爭之事實。而「樂」的特點是「音」的廻環不絕，任何一首樂曲應該可以分析出它的主要節奏來，主要節奏出現的次數必定十分頻繁。詩旣與音樂不可分，自然其節奏也與「樂」同，有其廻環不絕的韻律在，不同的是詩的主要節奏所在不一定是詩的主要義涵所在。

以「空原上的小樹呀」爲例，第一節與第二節的許多句式是重覆的，甚至於同節之中也重覆了三次，如此反覆之中又有些微的變化，不至於沈悶，甚至於反而給人驚喜，預計的字詞並未出現，而又代之以其他字詞，這就是驚喜。聲韻的反覆令人易於接受，字詞的轉換則提昇並拓展了詩的義涵。同時，第一行詩句極長（十六字），其後六行均爲短句（不超過四個字），第八行十八字，第九行一個字，這是首段的音節，錯落有致，其他各段亦如是，在吟誦上極爲合適。

第二，詩的情感經驗與實際生活情感相合一。

每當我們看見遠遠的天邊的空原上的幾株瘦瘦的小樹，我們的第一個反應是：

吾就恨不得馬上跑到那幾株小樹站的地方
望

而當我們到達那幾株小樹站的地方，又會看見更遠的天邊還有幾株小樹。「地平線」原是虛擬的線，這是無止境的追求。最後，那人越跑越小，「像一隻星」，一顆星在廣漠的黑夜裡何其渺小，人在廣大的原野上更爲渺小，就像星一樣無聲無息而消逝，稱星爲「一隻星」，令人感到這是活的、動的，很切合詩意。我們容易經由這第一節的情感，認同了「之二」的管管個人的情感。換言之，「之一」是大家共有的追逐地平線的願望，是人類好奇與奔向原野、回歸原野的原發意識，經由這節三次重覆的「小樹」引逗，才能興起與管管「哭泣」的認同感，因此，前面所提到的重覆文句之所以必須，在此又有了更有力的佐證：它是爲了引發讀者心中潛在的意識，以順利接納管管的特殊意識。

此詩易爲讀者接受，詩句淸爽，詩節合適，詩的情感與生活情感相合，是主要原因。最重要的卻是以下這個論點。

第三，此詩純化、淨化了讀者的心靈，提昇了讀者的欲望。

如前段所言，此詩從一般的情覺中（「之二」）躍昇爲「念天地之悠悠，獨愴然而涕下」的宇宙與自我相比的孤獨感，同是一哭，陳子昂是前不見古人後不見來者的孤絕，管管則與物我同悲的感觸：

與小樹們
站在一起
哭泣

顯靈了管管擁抱大地、悲憫萬物的心懷，將讀者從好奇與奔馳的欲望，提昇爲物我合一的無盡關懷，這是少數成功的現代詩之一，特別予以推薦。

九、從寂寞中把握美的質素

水之湄　　楊牧

我已在這兒坐了四個下午了
沒有人打這兒走過——別談足音了
（寂寞裡——）

鳳尾草從我足跟長到肩頭了
　不爲什麼地掩住我
說淙淙的水聲是一項難遣的記憶
我只能讓它寫在駐足的雪朶上了

南去二十公尺，一棵愛笑的蒲公英
風媒花把粉飄到我的斗笠上
我的斗笠能給你什麼啊
　（寂寞裡——）
我的臥姿之影能給你什麼啊
　（寂寞裡——）

四個下午的水聲比做四個下午的足音吧
倘若它們都是些急躁的少女
無止的爭執著
——那麼，誰也不能來，我只要個午寐

「水之湄」是楊牧早期使用「葉珊」筆名的詩，寫於一九五八年。二十年前的作品了，依然清爽如新。

水草交際之處謂之「湄」，詩經秦風蒹葭篇有「在水之湄」的句子，「水之湄」自然是指著在水的岸邊，面對著水，引起詩人許多的感觸，孔子說：「逝者如斯夫，不舍晝夜。」驚覺時光匆匆不停，李後主則有「自是人生長恨水長東」的愁怨，蘇東坡乃豪放歌唱：「大江東去，浪淘盡千古風流人物」，可以說：因爲詩人的個性、修養、處境之不同，而有不同的感觸。那麼，楊牧的「水之湄」會是一首什麼樣的歌？

無疑的，楊牧一直喜歡把握美的質素，喜歡從「憂愁」「寂寞」之中去體認美的存在，喜歡把美提昇到一種空靈的境界。「美」，應該是基於情的一種心靈上的契合，有情斯有美，基本上說，楊牧是一個抒情詩人，尤其早期的葉珊更富於浪漫主義氣息，「水之湄」這首詩自然也把握了其中的美和情。

前面兩句是很落實的寫法，我在這兒坐了四個下午，沒有人走過，寫出寂寞之意，所以接下來就是（寂寞裡——）。爲什麼「四個」下午呢？也許沒什麼道理，就是四個下午而已，四個下午都在水之湄坐著，沒有人來，「別談足音了」！連有人走近的足音都沒有，因此，這種時候，對於聲音、感覺，都要比平常更加敏銳，第二段單獨的一行（寂寞裡——）更能點出這種情感上的脆弱。

這種寂寞的難以排遣，也許從「鳳尾草」的從足根到肩頭掩住我，可以覺其漫長和難挨。誇張的寫法，誇張了鳳尾草的迅速生長，實則是誇張了寂寞的巨大和無邊，「不爲什麼地掩住」，眞的是「不爲什麼」，就像李義山的「錦瑟無端五十弦」一樣，「無端」就是毫無緣由，不爲什麼，特別點出「不爲什麼」更增加一份無奈的感覺。後來楊牧也有「無端橫著待過的獨木橋」的句子，對於這份不爲什麼的「無奈」眞是無可如何，欲卻也無方了！因而水聲也是「難遣的記憶」了，水聲隨寂寞而來，時時叩擊著脆弱的心靈，能夠如何？「只能讓它寫在駐足的雲朵上了」！說的是鳳尾草，是水聲，實則仍然是指著寂寞。

第四節，「風媒花」把粉飄到我的頭上，是要把「笑」傳染過來之意，但是，我的斗笠能給你什麼，我的臥姿之影能給你什麼啊！你我之間無法相濟助，因爲我被寂寞整個團團圍住，「笑」無法在我這裡生根。

到了最後一節，水聲想像成足音，足音想像成急躁的少女，結果終究是誰也不能來，終究是落空的等待。我們還是回到第一次提到的詩經「蒹葭」篇吧！

蒹葭蒼蒼，白露爲霜。

所謂伊人，在水一方；
溯迴從之，道阻且長；
溯遊從之，宛在水中央。

舉出「詩經」這首詩，大約可以了解爲什麼楊牧要把「四個下午的水聲比做四個下午的足音」了，因爲「所謂伊人，在水一方」啊，「溯遊從之，宛在水中央」啊！而這首名爲「水之湄」的詩之所以寂寞，及其等候者爲何，都已不言可喻了。

十、情的渲染

會話

楊牧

這件事發生在普林士頓
春雨似乎是停了又髣髴
還細微飄飄而淡淡的烟
浮遠浮近在林木的末梢

我正坐在窗口等候張望
不知道你在學校裏怎樣

紅頸子的小鳥在草地上
跳過一叢叢的新葱覓食
院子裏很靜而我在窗口
喝茶吸烟讀涉江的屈原
不斷抬頭看窗外而你在
學校喝咖啡且英文會話

網球場上有老人在溜狗
春雨似乎已經停了否則
你沒帶傘下課怎麼樣走
英文會話能應付就行了
我把書攤開張望你的車
只要你平安回家就行了

詩以抒情爲正統，現代詩亦然。「會話」就是一首抒情詩，楊牧的絕大部份作品也以抒情爲主。

一般十七、八歲的青少年正是情愫剛剛茁長之時，誰不多情？誰不把情宣洩出來？喜怒哀樂愛惡欲，這是每一個正常的人外現的正常感情，青少年豐沛的感情需要以言以詩表達，因此，我們往往會遇到許多年青詩人突然出現詩壇，衝刺一陣，又悄然引退，因爲，往往過了二十五歲，寫詩的衝動減低了，到了三十歲，寫詩的興趣泯除了，特別是一開始就寫抒情詩的人爲然，感性的充盈、好奇、敏銳，隨著年歲增長，逐漸滯緩而遲鈍，無情可動，終至於詩興消沉，無物可言。這就是爲什麼詩人多而詩作不精的原因之一，正當他感情豐沛、詩興勃興之時，文字的駕馭與鍛鍊未至爐火純青的地步，不免生澀；等他漸漸懂得掌握詩的語言之時，詩的情思卻又逐漸枯竭，失去創作的原動力了。

現代詩壇幾乎每五年就有一批新面孔出現，但在抒情的領域中，楊牧經歷五個五年，卻能歷久而彌新，是詩人的感情要比常人豐盈嗎？我想未必如此，應該是詩人永遠保持童稚之心，對任何事物維持新穎感，而楊牧特別能掌握抒情的本質。

以「會話」爲例，抒情的本質如何呢？

那應該是情的「渲染」，也就是說，情是無時不在的，不論何時何地何物，都要染上詩人所要抒發的情。正面來寫，如杜甫的「春望」，「感時花濺淚，恨別鳥驚心」，將人的感時恨別轉移爲花鳥的淚濺、心驚，促長了情的激蕩力。反面來寫，如王昌齡的「閨怨」詩：「閨中少婦不知愁，春日凝粧上翠樓，忽見陌頭楊柳色，悔教夫婿覓封侯。」前面三句是不知愁的少婦與滿眼的春色，並無怨意，第四句一出，則前面三句所極力描述的少婦與春色，反而處處見其悔怨之情了。不論正面或反面，詩的抒情本質就是渲染，讓周遭的一切外物都感染到詩人所要抒發的情，一沙一石都不讓它逃過。

「會話」這首詩有著整齊的外型，每段六行，每行十字，三段詩的句子卻是十分輕柔鬆散，彷彿不曾費力一般，這種故意造成的詩的整齊外型，應該是爲了顯示感情的壓抑，壓抑之意，就「會話」這首詩而言，是多情的掩抑，心中焦急萬分時卻要故示輕鬆，繫念萬分時卻要故示從容，這就是「多情」的掩抑，形式上，流暢的句子正表示情的豐沛，固定的模型就是一種情的壓抑。

詩句愈是輕柔舒暢，如話家常，愈顯示情的無所不在，「會話」的語言正是如此，清清爽爽，偶而協韻，所寫也不過是卽目之物而已，而情自在其中，換句話說，不盡的關懷與繫念正是楊牧所掌握的另一個抒情的本質，在「會話」詩中，我們還感覺到縱容的溺愛：「英文會話能應付就行了」！深情的關注就從這種細微處表現出來。「會話」之詩其實是詩人的「獨白」，獨白卻以「會話」爲題，除了詩中的你正在學英文會話之外，至少還表示這番獨白必能與你相會通，我的獨白卽是我與你的「會話」，情的交流是一種愛的自信。

如果僅僅依恃豐沛的感情而寫詩，楊牧也只不過是十八歲的葉珊而已，因此，我們要從詩的結構上來肯定楊牧在抒情詩上的地位。「會話」分爲三段，是三段連續的時間裡，感情微妙的變化，其紋路明晰可辨。第一段六行，以足足四行寫外在景物烟雨的飄渺，可以感覺到「我」的悠閒，我只是坐在窗口「等候張望」，不知道「你」怎樣。第二段則有一半篇幅寫外景的閒靜，一半篇幅寫我讀屈原，卻「不斷抬頭看窗外」，而你的形象更爲明晰。第三段只剩兩行寫景，四行寫張望，寫對你的懸念。這樣細微的分析，可以瞭解到詩人愈來愈焦灼的心情，這是從詩的結構變化而來。此外，這首詩是以外景的悠閒來比襯內心的焦急與繫念，就像電影中故意在危急時以「慢動作」拍攝，在馬的奔馳中插入蝸牛的特寫一樣，強烈的比襯效果於焉出現。

楊牧的抒情詩具有敍事性，所謂「詩的小說企圖」正是這樣，因此而提高了讀者讀詩的興趣。此詩之所以爲好，這未嘗不是一個重要原因。

十一、純任經驗的觸鬚去伸延

愛與死之歌（五首）

葉維廉

第一首

風
星翻騰

顫抖的童子
傾聽
地層下
遙
遠
的
泉聲
而
說

是愛

是美的湧動

第二首

海
自身的
浮起
光滑的柔面上
沈黑的雲
壓下
而
歇止
在那裡

夜的脚步
已經近了

第三首

好沈重的空氣！
當母親
拂著她
糾結在
天際的
頭
髮

第四首

山嶺
引著
老鷹
老鷹
引著

山嶺
山嶺
引著
太陽
太陽
引著
我
和
妳

第五首

澄碧的海上
那些純白的是花嗎？
母親
爲什麼
灰色的鳥

都停在
那木質血紅的
長條上？
爲什麼妳的眼睛
凝固
在
遠
方？

這是一組詩，五首詩組成。葉維廉在詩後有後記，指出他在一池藍色的水邊看兒女學游泳，瞿然被上面五首詩所佔領，前後只花了十分鐘就從腦中源源本本抄了下來，他當時很驚訝，也很不安，很惑亂。而最令他想不到的是：「第二天凌晨四時，二哥越洋來電話，說：母親已撒手了。」

這段後記對我們了解這首詩，極有幫助，或者說，這才是一個正確的方向。

第一首是愛，是美的湧動。童子在池邊游泳，如星的翻騰，整個池面好像地層下湧出的泉，童子在其中傾聽泉聲，泉聲以平行的「遙遠的」來形容，可以見出水面的平廣與湧動，這一首詩讓人感覺喜樂，是愛的融洽。第一行單獨的「風」字，在閱完全詩後有風涼如水的感覺，「翻騰」、「顫抖」、「湧動」，整個的情緒與水池的波動相諧和。

第二首則是「死亡」降臨之歌。「海」，依照原型象徵，是「眾生之母」，這裡可以暗指作者的母親，由池水而聯想到海是自然而順當的。「沉黑的雲」是死亡的象徵，壓下而歇止在那裏，「夜」也是象徵著死亡，「夜的脚步已經近了」。死亡的陰影，逼近了海面，這首詩充滿了死亡的徵兆。

第三首，母親的形象清晰了，但空氣卻是沈重的，母親的出現，是「拂著她糾結在天際的頭髮」，可以說是生與死的「糾結」，生與死的掙扎。此首詩，把天際的烏雲密佈視爲母親糾結的頭髮，因而激生掙扎的意象。當母親拂著頭髮時，空氣好沈重啊！顯然，「掙扎」是困頓的、無力的。

第四首，則在描述山嶺之上老鷹和太陽的盤旋，隱喻著生和死的爭奪。老鷹是凶神、死亡之神的隱喻，太陽則是光明的象徵，是母愛的溫煦。這一首偏於「愛之歌」，在沈重的空氣中，對母愛的懷想不盡。

第五首，死亡已經臨到母親的身上，澄碧的海上有著純白的花，正是母親死亡的隱喻，白花代表著死亡。「灰色的鳥都停在那木質血紅的長條上」，是人子悲慟的意象，不再飛翔、啼叫。「妳的眼睛凝固在遠方」，是人子的想念，是母親依依不捨的酸楚。

葉維廉的詩一直不以知性限定經驗，純任經驗的觸鬚去伸延，當然更不可能是濫情的放縱自己，這首詩在十分鐘的時間裡寫出，更證明了沒有知性的干預。但這首詩爲什麼會那樣準確預示著母親的死亡呢？爲什麼從「愛與美的湧動」寫到母親的眼睛「凝固在遠方」呢？不僅葉維廉驚訝、不安，讀者也感到這層驚訝、不安。我們要說的應該是：母子天性的相互感應，詩人至誠的靈視感悟吧！

十二、詩思的沈潛

人

羅 青

山河日月呵
雖然你們億萬年來
不斷的努力
用地震洪水旱災潮汐
向人們證明你們永恆的存在
億萬年後的今天

仍然無法說服我
你們不只是一場小小的夢幻

羅青的詩從「吃西瓜的方法」開始，就讓人覺得是在藝術技巧上多方活用他的文學知識，而且又能避開承襲的痕跡，屬於機智型詩人。機智型詩人，很難找到他的師承關係，但也看不到他的影響力，管管是這樣的詩人，羅青的詩思也有這種傾向，譬如說，羅青敢於引進許多非詩的素材（包括吃西瓜的方法與神州豪俠傳等等），敢於製造大量的對偶句子，敢於故作輕鬆，逗人發笑，而這些，都非當代其他詩人所敢大量製造的，至少，他們不以爲這是現代詩的正軌。此外，羅青的詩大都是基於生活而發的奇想，因此，讀者能從其中找到可以發笑的親切感。靈光一閃，也許是出版過三本詩集的羅青最恰當的評語。

年青的詩人應該有他靈巧、發光的一面，有他無銜可羈的飛揚意氣，但是，年青並不可恃，如余光中言，詩應該是一種「與永恒拔河」的事業，飛揚、閃爍之外，詩人應該注意到更深沈、厚實的一面。

詩思的沈潛，在今日以淺俗爲尙的詩壇，也許另外又具有一層深義，那就是，經過這三十年的努力，詩思不應淺俗，但也不至於沈潛到不可識辨的地步。羅青的「人」可以做個時代的見證，同時也是他發掘詩思、沈潛詩思的一個轉捩點。

當然，羅青的面貌仍然依晰可辨，即使是詩思沈潛以後，我們仍可指認出來。

首先，粗大的題目字「人」，與詩的內容，就是一種對比關係。題目是人，內文寫的卻是日月山河，此其間自然有其驚愕效果，讀者要尋求的是「人」的本質等問題，詩人給的卻是山河日月的變遷，是驚愕、是滑稽，但也是詩思沈潛的結果。這跟一般猜謎似的「詠物詩」大有不同，詠物詩如果詠的是「梅花」，詩中不會出現梅花兩字，但每一句每一字卻無不繞著梅花的特性與典故而轉，極見詩人學養的豐富。「人」的不同就在這裡，如果把題目掩住，看完全詩，無法猜到題目是一個「人」字，因爲羅青不是直接在詠人的表現而已，「人」這個題目具有加強詩思的正面意義，不能忽略。我們再進一步假設，將題目的「人」字改爲更切合內容的「山河日月」、或「夢幻」等等，則整首詩看來反而平淡無味，山河日月也不過是夢幻一場而已。

題目的「人」字與內文的「山河日月」形成一股向外的相反的力量、愈扯愈緊，卻反而形成詩的張力。這種情況，我們在上篇「情的渲染」中有過類似的看法，那就是情勢愈緊急而鏡頭運轉卻愈緩慢，最令人顫慄的時刻是靜止無聲的時候。因此，我們要特別指陳這首詩的成功，題目的「人」字與內文形成的緊張狀態，是第一個重要因素。

其次，山河日月分別是長遠的空間與時間的代表，而地震洪水旱災潮汐依次是山河日月顯示給人類的巨大變動，非變動不足於證明山河日月的存在，這種變動卻是人類歷史永恒的災厄。即使如此，億萬年後，人仍然存在，這些災厄不過是一場小小的夢幻而已。這首詩的主題正在這裏，通俗一點的講法，這是人力勝天的意念。富於哲學意味的講法，則是生命延續的可貴。人是有生命的動物，山河日月則是無生命現象的自然天象，因此，生命會老，會死，但也會再生，人會通過災厄去證明自己永恒的存在。

「山河日月」，廣袤無邊，無隙不照，「億萬年來」，顯示他們的「永恒的存在」，這是讀者深信的，但在羅青詩中卻以四兩撥千斤的筆法，輕易地視之爲「小小的夢幻」，這兩句仍然是羅青式的對偶，對偶的句子產生力量，但在羅青詩中，同時也產生諧趣，這種對比形成的特色，羅青寫詩十年，無意放棄！

三十而立的羅青，演練過文字駕馭的技巧之後是值得向沈潛詩思的深度上，繼續掘發。

十三、相同句式的不同意願

啊，秋天掉下來了 陳家帶

化成一片葉子，啊，秋天——掉下來了
掉在這暖暖的島上，許多眼睛呵
沒有看見……

化成一句叮嚀，啊，秋天——掉下來了
掉在這靜靜的城裏，許多耳朶呵
沒有聽見……

化爲一陣雨，啊，秋天——秋天掉下來了
掉下行乞者秘密的心願
掉下絕症病患案頭的鮮花
掉下戀人們分離太久的淚珠
許多禱告呵凝結於風中……

化成一批羣衆，啊，秋天——掉下來了
掉在這空敞的簷下，許多頭顱呵
慢慢消失……

化成一粒種籽，啊，秋天——掉下來了

掉在這蕭索的空中，許多意志呵
慢慢升起……

季節的遞嬗，詩人比常人或許要更敏感些。季節是在不知不覺中轉換的，當我們覺察，也許已經「春江水暖鴨先知」了，或者「秋得很深了」！

詩人的敏感來自先天的感情的脆弱，也因爲後天周詳而銳利的觀察，不論是感性或知性，詩人的敏感總要有別於眾人之所見所聞，終能獲眾人事後之明的首肯，所以，詩人的敏感是在自我控制以後才能寫成詩，但這份敏感卻是成詩之源，詩人之所珍惜的是這點，讀者所贊嘆的也是這點，於我心有戚戚焉，正因爲詩人扮演著預知者的角色。

「啊，秋天掉下來了」這個詩題，「啊」字表達了贊歎，「秋天掉下來了」表達了驚訝，這其中並不傳達喜悅，因爲這是秋天，是掉下來的秋天，頗符合秋日冷凝的氣象。尤其是「掉下」兩字，更有提醒讀者注意的作用，季節的遷移原來不易察覺其間的變化，但陳家帶用「掉下」兩字，很明顯的敍知秋天的來到，「掉」是清清楚楚地由此一定點而墮落於另一定點，讀者可以眞實地感知秋天的降臨。當然，「掉下」的詞意之根本源起，來自「葉落」與「淚落」的秋日特殊意象，與讀者的普遍經驗相吻合，驚愕之餘，很快地就能承接「秋天掉下來了」這樣的詩題。

詩的開展，也是以「葉落」與「淚落」的秋日特殊意象而開展，葉落是外在景物的實寫，淚落則是因爲秋景蕭瑟而引發的內心淒冷之情，情景交融，詩的完整性就在這裡。

第一段寫落葉，一葉落而知秋，這是最基本的好國民應有的常識，但是「許多眼睛呵沒有看見」，他們忽略了，甚至於沒有感覺，也許因爲這是一個暖暖的島上。此詩入手平實。

第二段說秋天「化成一句叮嚀」，「叮嚀」之意象徵著親情、友情、愛情的傳遞，不論是「加衣」或「相憶」的叮嚀，都說明了感情眞摯與細膩的一面，惟有眞摯與細膩的感情才知「叮嚀」。叮嚀的聲音是輕細的，卽使在靜靜的城裡，許多耳朶還是沒聽見。

第三段是結構與詩情轉折的一段。從空間的鏡頭轉換來看，陳家帶由「島上」而「城裡」而「人」（包括行乞者、絕症病患、戀人們），是由大而小，從「人」又轉爲「簷下」、「空中」，是由小而大，焦點則集中於人在風中的禱告，這些人都是苦難中的人，行乞者、絕症病患、以及分離太久的戀人們，他們是「淚落」的一羣，這是承前兩段的詩情而來，但他們並非絕望的；陳家帶分別賦予不同的生機，行乞者有秘密的心願，病患案頭有鮮花，戀人們流下了淚珠。他們更演化爲羣眾，慢慢消失於空敞的簷下，到了第四段，秋日的空敞彷彿瀰漫著一股潛藏的力量。

第四段說秋天化成一批羣眾，又說許多頭顱慢慢消失，這裡初次觸及「生命」，前面的葉子、叮嚀、雨，可以視爲無生命的事物，羣眾、頭顱所代表的「生命」在這裡消失，隱喻著果實於秋日成熟，生命成熟而消失，是孕育再生的契機。

最後一段點出「種籽」，正是生命「再生」的依據，「秋天——秋天掉下來了」，全詩都在表達這一印象，風雨花果逐漸凋零，而「種籽」生成，「許多意志呵慢慢升起」，單單這一句「升起」，使人在瑟縮的秋意中有著昂揚的期許，「掉下來」的愈多，愈覺得「升起」的可貴。這也許是陳家帶重覆很多次「掉下來」的句式的緣故。同時，也因爲這種再生的隱喩，使這首詩突出於衆多悲秋說愁的作品之上。

句式方面，陳家帶採用了首句完全相同的句式，尤其是一、二、四、五各段，整段的格式完全一樣，這是新近詩壇所不顧忌的歌謠形式，因爲他所代換的名物全然不相類——葉子、叮嚀、雨、羣衆、種籽，使得這些詩句有了不同的意願，意願不同，詩思才不致停滯，詩情才能豐富。這是詩與歌謠要有不同的地方。換言之，從詩經以降的中國詩，以至於各地歌謠，常在相同句式中替換不同的名物，現代詩襲用這種形式，如能在相同句式中表達不同的意願，一方面使詩與讀者的溝通更迅速，一方面詩的生命仍然蓬勃生長，如陳家帶這首秋天的詩，相信會有更多的詩人採用這種手法，更多的讀者喜歡這種詩。

六十七年至六十八年間寫於木柵

原載「愛書人」等雜誌

附錄(一)

「鏡中鏡」後記

鞭炮昇起一片繽紛，一片歡欣，是花的繽紛，是歌的歡欣，忽起忽落，響着，年似乎又過去了。推窗而望，翠綠草葉上溢滿點點清瑟，陽光恣意地跨進門檻，年似乎又來了。年去年來，匆匆的行色裏如何靜聽自己的脚步聲？拂拭着「鏡中鏡」的塵埃，投入詩壇的那些點點滴滴彷彿又回到眼前清晰。

那是民國五十八年秋末的事，剛走出輔仁，肩上亮着一條槓，窩在金門廣播電臺的大石頭裏冥想，林鋒雄當時已是傑出青年詩人，被「現代」雜誌高舉着，我則在「現代」發表「離家五百里」的散文，「詩宗社」剛剛組織起來，聲勢極爲浩大，林鋒雄將我的名字也列於「詩宗社」社員名單中，遠在金門，身不由已地竟然投入了現代詩壇。五十九年春季，我在三個月內，以三萬字的篇幅詳細析論洛夫一首五十行的詩「無岸之河」，引起詩壇注目，引起注目的原因，大概是因爲：第一，過去的評論往往是三五千字泛論一本詩集，我卻以長篇大幅析釋一首五十行的詩的每一個句子，第二，過去的評論大多採取主觀的印象批評，我則引述中國傳統詩觀，繪圖分析，看起來頗爲客觀、科學。

這時，我在「這一代」雜誌上連載「流水印象」專輯散文，主其事的陌上桑要我寫篇詩評論，因此「從火壁之舞談詩的濃縮」卽在此種情況下完成，蘇紹連這時只發表過四首詩而已，我剛剛從金門退伍返回朝興村。後來，若默仿「流水印象」之題，寫了一篇「行雲印象」的散文，陳芳明的「流煙」、「流雲」等詩，多少也從「流水印象」得來靈感，記得辛牧等人還笑他：流到最後，恐怕要「流產」了，果然。

九月，北上入師大國文研究所，與辛牧、施善繼時相往來，溫酒小飲於南京東路二段辛牧住處，讀詩、論詩、展望未來，「龍族詩社」成立的最初構想卽是我們三人酒後草成，辛牧與善繼推我執筆，想一點、寫一點，回憶當日酒酣詩濃情景，猶堪一醉。「龍族」兩字則是芳明與我不謀而合所想出，爲其他諸君子所採納。其後一年多，我寫了幾篇評論「龍族」詩人的文章，包括施善繼、辛牧、蘇紹連、喬林等人的詩。一直到民國六十一年仲春，我以保持評論者的清醒，及心境欠佳，宣佈退出龍族詩社，似乎引起一陣小小風波，其時，比較能夠諒解我的處境的，大約只有陳芳明、高信疆、蘇紹連等人。

我個人比較喜愛的論文有兩篇，其一爲「蘇紹連與春望」，其二是「空間層叠在葉維廉詩中的意義」，評蘇紹連「春望」的文章刋在嘉義的「渡也」所編的「拜燈」雙月刋上（好像只出了那麼一期），渡也與我本不相識，竟能逼我寫出這篇論述，是我個人的幸事。洛夫、羊令野、張默、瘂弦等詩壇前輩無時不在鞭策我多寫、多論，沒有他們的鼓勵，我可能寫不出這本集子裏的大部份作品。寫作「空間層疊」時，我已從師大國文研究所碩士班畢業，返鄉執教；蘇紹連也離開了「龍族」，重振「後浪詩社」，出版「後浪詩刊」，我則在後浪詩刊上發表幾篇短論，後來復改版爲「詩人季刊」，縱論現代詩二十五年歷史的「從紀弦到蘇紹連」一系列文章，即交由「詩人季刊」發表，只是何日可以脫稿，那又是未定之天了。

六十五年暑期，瘂弦南來白沙山莊指導文藝營，我與吳晟、王灝從不同的地方去看他，瘂弦詢及論文結集之事，答允將「鏡中鏡」編入幼獅爲青年評論家所出版的專輯叢書中，此書始得面世，距環宇出版社簽約答應出版此書之日（當時最後六篇文字尚未寫出），已閱四個寒暑了。書名定爲「鏡中鏡」是因爲鏡子自古已成爲鑑衡是非、得失的依據，鏡中之鏡，或許更能纖毫畢露，照映瑕瑜。

六十六年孟春序於田中水雲座

「鏡中鏡」評論集由「幼獅公司」出版

附錄(二)

「詩人小集」編輯弁言

詩也許是初民感情最原始的一聲吆喝，也許是文學形式最後的展現，從粗獷的沙啞之聲到精緻的意象演示，詩以各種可能的姿態存在。縱觀中國詩史，譬如「依詩製騷」，其間的變化不能說不大，不同的語系語調，不同的水土背景，不同的比興、隱喩，卻同樣存在着「詩」，從屈賦到絕律，絕律到詞曲，莫不是如此。橫察中國詩史，以唐詩爲例，杜甫的宏肆無涯，李白的不可仿學，多少殊異的風格和語字掌握存在其中。兩相交乘，詩的面貌千奇萬變，自不待言。

以這種觀點看三十年來的現代詩，形式之未得統一，內容又復岐義叉出，當然也是枝繁葉茂，花果豐碩的必然現象。因此，對於現代詩，多少自以爲是的批評家企圖指引他，拘束他，企圖影響詩人的走向，然而，批評不是後設於創作嗎？詩人的可貴應該在於創作詩，走他自己的路，獨特的路，試看歷代詩人有誰是經由批評家的指引而創作？現代詩人自然應以「創作」自己的詩爲第一要務。詩人在未成爲詩人以前，他同時是一個自然人，社會人，他生存於特定的時空中，有他自己獨有的情思，有外在環境刺激他而引發的感觸，近觀一位詩人，或許覺察不出時代的脈搏，但是，綜合檢視同一個時代的詩作，則此一時代的光與影明晰可辨，這就是元曲之所以異於宋詞，晚唐之所以別於盛唐的道理。因此，詩人還是以創作詩爲第一要務！從詩人到時代是一條寬廣的路，詩人往來奔馳，發現，揄揚，不遺其力地創作詩。

我們無法夢想唐代的詩的光釆，我們不可能期望總統也寫詩，提倡詩，期望大專聯考以詩取士，不可能站在街頭、酒樓，爲來往匆忙的人羣誦詩三百。但是爲了敍述人的存在，證明這個時代的苦難與榮華，爲了提昇人的內在心靈，開拓人類向內審視向外透視所能呈展的原野，寫詩是一種使命，或許可以爲卑微的的生命爭取了解，爲高貴的情操爭取共鳴，爲貧乏的心靈爭取水草，寫詩是一種使命！

因此，「詩人小集」編輯，出版，它不是指標，而是歷程，是這個時代踏步向前的一些聲音，請你諦聽。

六十七年五月寫於臺北市

「詩人小集」共六册由「詩人季刊社」出版

附錄㈢

「舉目」後記

舉目，只覺得一陣風聲從遠遠的天邊，颯颯而來，颼颼而去，天空仍然是一片無辜的樣子，唯寂寞留下來，靜靜蹲在我心中最深最深的那一隅。

十五年，不算短的歲月，日日與現代詩相處，年青的伙伴勞燕一樣分飛了，壯志、豪情，或許也已經消磨殆盡，爲什麼對現代詩的那一分執着依然不變？十五年前，民國五十二年的六月十八日，在彰化的書攤上我買了第一本詩集——洛夫的「靈河」，當時年少情激，只能喜歡贈聖蘭的詩十章，今日再翻這本詩集，發現十章裏，好多地方我畫了線，墨痕猶新，書中還簽有十五年前的筆名「凌風」，想想也頗爲好笑，當時年少情激，多想「凌風」而舞，如今卻只落得風聲「蕭蕭」而已！

大約就在這一年的十月，我認識了第一位詩人——桓夫先生，踏踏實實在我心中確立了詩人風範的他，樸實，敦厚，對詩懷抱着永遠的虔誠。十一月下旬，桓夫商洽「民聲日報」編刊「詩展望」，曾經邀約我的詩稿，我寫了一首記敍麗珠三姐妹的小詩，好像這是對外發表的第一首吧！十二月，古貝與陳奇合在彰化出版「新象」詩刊，黃榮村和我則在五十三年春天參加他們的行列，一直到高三畢業，我們很努力的寫，討論，出詩刊，是有一股忘記聯考的狂熱。今天，古貝不知何去？奇合經歷幾番挫折，前往員林擺下書攤，不賣詩集，榮村曾在龍族詩社聚過會，或許就要成爲臺灣心理學界傑出的新秀，詩，也不寫了吧！

五十四年九月，進入懷念不盡的輔大，首先遇到高我兩屆、外文系的王裕之，怎麼形容他好呢？一陣風？或許是罷，典型的現代詩崇拜者，每次一見面就背詩給我聽，尤其是管管、商禽和瘂弦的時，害得我也只好回背給他，我背鄭愁予，印象最深刻的是，我們共同喜愛的「浪子麻沁」：

雪溶後，花香流過司介欄溪的森林
沿著長長的狹谷成團的白雲壅著
獵人結伴攀向司馬達克去
採菇者領著赤足的婦女
在高寒的賽蘭酒起一叢篝火

令人心顫的是：「哪兒去了那浪子麻沁？」此刻，那聲音彷彿仍然廻旋在我心頭：「哪兒去了，那浪子廝沁？」王裕之呵，何嘗不是浪子，何嘗不是「著人議論的靈魂」！

翌年暑假，陳芳明和我連袂參加戰鬪文藝營，指導老師就是瘂弦和鄭愁予兩位先生，我們兩人對詩的著迷，以至於不能自拔，芳明所謂的「不務正業」，應該是從這時候開始的吧！假期後，回到學校，芳明積極組成「水晶詩社」，推廣現代詩，我和林文寶、周順主持「輔大新聞」，林明德襄助我們，輔大文風這時候應該已經吹起了一片欣意，我們請芳明在輔大新聞寫方塊文章，評論時事，筆調犀利、明快，從此樹立了聲名，而他試探詩的明朗化及社會參與的責任感，這時已粗具規模，我則尚未找到自己的聲音，甚至於化名參加「水晶詩社」的詩創作比賽，得了頭獎，也未被發覺。

這期間，一股巨大的熱力來自陽明山，林鋒雄、陳明臺、黃進連、鍾友聯、龔顯宗、李弦、蔣勳、翔翎、皇篁，時相往來，沛然而莫之能禦，令人驚喜！可惜畢業後，又星散了，不復當年。與羅青見面認識，則是民國五十七年春天的事，羅青從外語大樓來，風度翩翩，溫文儒雅，節奏爽朗，對仗工整，那時還以本名羅青哲會友，我則開始積極準備投考研究所，未及細談。

五十八年年初，寫了一篇「文學無我論」長文，逐漸熱衷於省察文學作品的特質，這一年夏天，離開輔大，到了軍中廣播電臺服役，年末，渡海金門，巨大的石室裏，隆隆的炮聲中，最適合冥想了，我乃專注於寫作，寫出來的竟然都是評論性的文字，此後三年，大抵寫論要比寫詩多，結果論不曾寫好，詩又未爲佳，怪不得素未謀面的林南君要在論洛夫時譴責我，其實，林南君所看到的只是我「龍族時期」的詩，六十年一開始，我下決心多事創作，甚至於註明「擧目」這首詩爲「第一首詩」，那是勇於否定過去，以建樹新面貌之意。這時候的新面貌，一般人看到的是「一字一行」的外在形式，爲什麼一字一行？有誰理會得了呢？詩人的寂寞大約如此：

不使自己在衆裡叫出一聲

冷

當然也有一絲暖意，譬如張默在介紹「新銳的聲音」時，說：「蕭蕭擷取語言的方法是寄望他們不斷的生長與翔舞，其所以作如此平行的排列(一個字一個字單獨的排列)，就是想望達到那個無限『延伸』的境界。」僅從十二首詩敢於肯定年輕詩人的努力，張默確實敏銳地看見了我。

從六十年元月至六十一年五月，一年半的時間，我和紹連在「龍族詩刊」發表了不少頗佔篇幅卻排版省力的詩，惹來不少言語，紹連甚至於寫了一首「比翼鳥」調侃我們自己。其時，我在師大，紹連在軍中，我們尚未會面，來往的信件似乎也不曾提及如何寫詩，只以迎接現代詩的盛唐時代相互勉勵。紹連將這以前的詩作收入他的一本詩集「茫茫集」，我自己的作品經再三過濾，僅得心有所感的十二首而已，兩人形式上容或有類似，風格則全然不同。蘇紹連是我們這一代的傑出詩人，此後他寫的更勤更醒人心眼，包括「河悲」與「驚心」，而我則封筆歸鄉，嘯傲山林，與自己約定：五年內不問江湖詩事。

五年，就這樣過去了。

六十六年四月，第一本現代詩評論集「鏡中鏡」問世。六月，發表了一篇「現代詩批評小史」，據說因爲這篇小史引發了一場小小的論爭，這是我不曾預料到的，也是我所不願意的，但它發生了。好在，「詩人季刊」社爲此舉辦了一次座談會，將此一事件引入現代詩未來動向的討論，雖然未得結果，卻促使我去思考：現代詩應該走往那裏？「詩人季刊」同仁如陳義芝、蕭文煌、李仙生等，在促使我振作精神寫詩寫論上，無疑的，也促使了我去省察詩壇，省察自己。

因此，我收回舉目望天、詩思翔舞在無垠天際的視境，而從最使我動心的人的身邊寫起，寫寂寞，寫沈潛，寫激奮，寫悲苦，以最短的篇章含蘊眞摯的情意，這些詩的實際寫作時間最早可以上溯到六十四年十月，此後不停地改改寫寫，眞正定稿則爲六十七年四月間，這樣短的詩，羅靑的「草根社」也正在推廣，大約可以說是現代絕句吧！句絕意不絕，希望從「點」去突破不讀現代詩的朋友的心中防線。如果可能，詩應該透過各種媒體而存在，書畫、歌曲、傳單、卡片、朗誦、詩刊、詩集……等等，現代詩經過三十年的努力，是推廣的時代了。

從天到人的關心，從人到地的熱愛，我有着很深很深的冥合爲一的觀念。寫「田間路」，因爲自小就從阡陌之間站起來，走過來，難以忘懷沒有玩具的童年，泥土，一大片一大片的稻野，父親黝黑的臂膀，讓我獨自飲泣的竹林……。舉目，心不能不有所思，我喜歡吳晟的「吾鄉印象」，吳晟或許是現代詩裏的陶淵明，而我不是，不農不耕不淵明，只能把「田間路」當作自述詩處理，以線去串連祖母的苦心、父親的血汗、我的淚水，我珍愛自己走過的這條田間路，也喜歡吳晟的「吾鄉印象」。這是我最新的作品，卻是最老最舊，一直流盪在心中的感情。

極目天邊，風聲已經遠了！當風再起時，詩人仍然注定寂寞嗎？

六十七年五月寫於拇指山下

「擧目」詩集由「詩人季刊社」出版

附錄㈣

蓬萊詩路三十年

——「現代詩導讀」後記

整整三十年的現代詩發展，從民國三十八年到六十八年，很可以見出時代的形象如何投影於詩句中，物質文化的累進，政治意識與經濟形態的新體認，以及各種不同藝術媒體的轉化，都能從現代詩三十年的發展史上，窺見一斑。現代詩的發展可說是蓬勃有力，短短三十年間，詩刋、詩集、詩論、詩選的出版，難以計數，可惜也因爲客觀因素的影響，發行不廣，因此，要想從眾多著作中略窺現代詩堂奧，情勢上有所不能，讀者往往惑於一家之說，無所適從，初學者更是不得其門而入，遑論識其富美，卽使大學中學的教師們，有意積極推展詩教，重振詩國雄威，也苦於無適當教本可用。基於這種認識，張漢良與我積極策畫「現代詩導讀」的編輯工作。

基本上，我們兩人對現代詩有極爲相近的認識，熱誠，與信心，我們深信現代詩的遠景必然因爲這三十年的努力而更輝煌。但是，我們兩人也有學養上的差異，張漢良獲有臺大比較文學博士學位，對於西洋文學知之甚稔，如數家珍，我則來自師大國文研究所，醉心於古典詩話的探討，此外，張漢良是一位純粹的評論家，我則偶而也有詩與散文的習作，因此，在詩的導讀工作上，顯然有了方法、角度、立場上的不同，概略而言，張漢良長於理性的分析，我則多做感性的描繪，而這種相異處，正是當初我們相約析釋現代詩、整理有關論文史料的最主要原因，我們希望提供讀者對於現代詩全面性的充分了解。

因此，在詩選的安排上，約略以詩人寫詩的歷史爲斷，依其先後加以排置，詩作的選取特別注意個人風格的發掘與闡述，換言之，兼顧詩的長流裏上中下游的縱的關係，更不忽視詩人所湧現的浪花的特殊形貌，及其出現的意義。

論評方面，分爲兩册三輯，第一輯包括三十年來重要的詩論，如紀弦、覃子豪、余光中、李英豪、白萩、洛夫、羅門、林亨泰、葉維廉、張漢良、渡也等家，對詩的語言、意象、張力、象徵，及創作風格的本體論或方法敍說，與其他藝術如音樂、繪畫、戲劇的相關理論，網羅無遺。在斟酌這些論文的取捨上，注意論評者的特殊見解，同時照應詩的全面性認識，希望經由這些理論的研讀，使初學者獲取詩的基本概念，及寫作方法上的體悟。第二輯則爲歷年各重要詩社的述評，包括現代詩社、創世紀詩社、藍星詩社、笠詩社，年青一輩的龍族詩社、大地詩社、草根社等。其他年青詩社如主流、詩人季刊、詩脈季刊、綠地、風燈、秋水……等，則因未有堅實有力的論評史料，容待日後補充。

第三輯的論評文章則爲實際批評部份，以重要詩人爲點，尋求最完善的一篇爲代表，但在選求過程，遭遇了幾個小困難，如商禽、瘂弦爲頗有成就的詩人，卻缺乏眞正完善的論評，只好以蕭蕭介紹瘂弦情感世界的一篇小論，和羅青分析商禽「鴿子」一首小詩的導讀性文字列入。又如陳芳明歷年來對余光中和楊牧的詩做了相當詳細而深入的推介，但本書已收入他對龍族詩社及白萩的兩篇論評，而且陳芳明的書坊間又容易購得，更爲了使讀者對余楊二氏的詩，有更廣的認識，我們選用了黃國彬和楊子澗的論述。年青一輩已獲有肯定成就的詩人不在少數，但眞正有文章來肯定他們的作品的則不多，此處選錄余光中、周寧、掌杉對羅青、吳晟、蘇紹連的評價，可說相當中肯，再配合張默的一篇論文「新銳的聲音」，則年青詩人的面貌，隱約可見。

當然，還有遺憾，譬如蓉子、敻虹、辛鬱、大荒、桓夫、林煥彰……等更多的詩人，都有他們特殊的風格，但缺少完善的論文加以評鑑，同時本書論評篇的篇幅有限，遺珠之憾，自所難免。好在，我們不是在編輯「現代詩大全」，只是現代詩壇三十年具體而微的縮影，做爲「現代詩導讀」，應是十分週全的了。

鑑往可以知來，以三十年爲一世，民國七年到三十七年是新詩開創的三十年；民國三十八年到六十八年是現代詩發展的三十年，如果本書的出版，能引導更多的青年朋友進入詩的王國，刺激詩人更深的鑽研更廣的開始，那麼，我們可以預期未來的三十年，是嶄新的三十年，我們期待現代詩的眞正盛唐時代！

六十八年詩人節寫於木柵

「現代詩導讀」五巨册由故鄉出版社印行

「燈下燈」後記

「鏡中鏡」是我的第一本中國現代詩評鑑專集，當時所評的現代詩普遍面臨著兩種困境，一是晦澀，一是移植，這兩種困境可以說是二而爲一的，但我並不以爲困境無法突破，因爲，無論如何，詩是中國人寫的詩，語言是中國人使用的語言，互古不變的必是中國人的詩情與詩思，因此，我下了很大的決心，有意選擇比較晦澀的詩人，透過中國傳統詩觀詩法加以鑑察，結果發現他們並未產生巨大的偏航現象，現代詩仍然可以接續中國傳統兩千五百年的詩史而無愧。「鏡中鏡」的大部份文章寫於民國六十年前後，其時正是現代詩面臨蛻變的時刻，蛻變後的現代詩又如何呢？這是第二本現代詩評鑑專集「燈下燈」所以出版的原因。

「燈下燈」收集了兩大不同種類的文章，一種是現代詩發展過程的回顧與省察，現代詩發展了三十年，已經有了短短的史料可以評鑑，因此我寫下「中國新詩發展史略」、「現代詩批評小史」、「紀弦與現代詩運動」等文章，這三篇原是「從紀弦到蘇紹連」系列論文中的一部份，現代詩史三十年，我以爲還不是撰成專書的時候，這個工作應該留待現代詩發展五十年以後再做，因此先把它們滙集在「燈下燈」裏。另一種是年青詩人發出新啼聲，試探了許多新路向，這是可喜的現象，我先評述了向陽、朱介英、吳晟的作品，分別定題爲「悲與喜交集的新律詩」、「從囚室中伸出新觸角」、「鄉土與詩的新意義」，詩壇眞的有了新氣象，這只是抽樣論述而已。這些文章都寫於民國六十六年至六十八年之間，此其間我曾與張漢良兄編著「現代詩導讀」五大册，因此而有「詩的各種面貌」此類導讀性的短篇小論出現，也足以見出現代詩風格的多樣性，一併收錄在此。

這本評鑑專集中，有些文章都是系列之論的首篇，譬如「論詩誠於心」，原先計畫從詩誠於心，誠於天，誠於人，一直論到詩的方法論，談陳芳明的「花與劍的風味」，也是一系列訪談青年詩人的開端，寫成於民國六十年、六十一年之間，原應收入「鏡中鏡」，都因爲有所待而無所成，蹉跎至今。另外，「那麼寂靜的鼓聲」是「詩魔洛夫」專論的首篇，詩人專論的寫作，雖非遙遙無期，但也延宕了不少時日，「論瘂弦的情感世界」原應有「論瘂弦的理性世界」爲續篇，荒忽無成，收錄在此，以爲警惕。同時，這也顯示了現代詩的世界十分寬廣，可敍可論之處尙多，値得詩人繼續開發，評者繼續探勘，我將秉此信心繼續努力，因此也請你期待「鏡中鏡」、「燈下燈」之後的第三本現代詩評鑑專集。

很多人關心現代詩將走向什麼樣的路，我以爲這條路越來越平坦，詩人必定有令人意想不同的栽植，做爲一個詩評者，我樂於期待並靜觀這些不同的繁花與綠葉從泥土中汲取養份，在天空中發放。

從民國五十八年十一月寫出第一篇詩評論，到六十八年十二月的今天，整整十年的時間，每次下筆寫評，我心中自然昇騰著小說家瓊瑤女士在民國五十四年夏末給我的一封短簡中的兩句話：「隨意批評別人是一件容易的事，當你眞正去創作時才會發覺實際上的困難。」因此，不論我評的好或不好，我對作者是虔敬的，眞誠的，體諒的。在第二本現代詩詳鑑專集成書的今天，特別重提這兩句話，惕勵自己，爲再來的無數的十年而努力。

「衆裡尋他千百度，驀然回首，那人卻在燈火闌珊處。」爲你燃點「燈下燈」，也許你眞會發現詩中微笑的「那人」。

民國六十八年十二月寫於木柵

滄海叢刊已刊行書目(四)

書名	作者	類別
清眞詞研究	王支洪	中國文學
宋儒風範	董金裕	中國文學
紅樓夢的文學價值	羅盤	中國文學
中國文學鑑賞舉隅	黄慶萱 許家鶯	中國文學
浮士德研究	李辰冬譯	西洋文學
蘇忍尼辛選集	劉安雲譯	西洋文學
文學欣賞的靈魂	劉述先	西洋文學
音樂人生	黄友棣	音樂
音樂與我	趙琴	音樂
爐邊閒話	李抱忱	音樂
琴臺碎語	黄友棣	音樂
音樂隨筆	趙琴	音樂
樂林蓽露	黄友棣	音樂
樂谷鳴泉	黄友棣	音樂
水彩技巧與創作	劉其偉	美術
繪畫隨筆	陳景容	美術
都市計劃概論	王紀鯤	建築
建築設計方法	陳政雄	建築
建築基本畫	陳榮美 楊麗黛	建築
中國的建築藝術	張紹載	建築
現代工藝概論	張長傑	雕刻
藤竹工	張長傑	雕刻
戲劇藝術之發展及其原理	趙如琳	戲劇
戲劇編寫法	方寸	戲劇

滄海叢刊已刊行書目(三)

書名	作者	類別
寫作是藝術	張秀亞	文學
孟武自選文集	薩孟武	文學
歷史圈外	朱桂	文學
小說創作論	羅盤	文學
往日旋律	幼柏	文學
現實的探索	陳銘磻編	文學
金排附	鍾延豪	文學
放鷹	吳錦發	文學
黃巢殺人八百萬	宋澤萊	文學
燈下燈	蕭蕭	文學
陽關千唱	陳煌	文學
種籽	向陽	文學
泥土的香味	彭瑞金	文學
無緣廟	陳艷秋	文學
鄉事	林清玄	文學
韓非子析論	謝雲飛	中國文學
陶淵明評論	李辰冬	中國文學
文學新論	李辰冬	中國文學
離騷九歌九章淺釋	繆天華	中國文學
累廬聲氣集	姜超嶽	中國文學
苕華詞與人間詞話述評	王宗樂	中國文學
杜甫作品繫年	李辰冬	中國文學
元曲六大家	應裕康 王忠林	中國文學
林下生涯	姜超嶽	中國文學
詩經研讀指導	裴普賢	中國文學
莊子及其文學	黃錦鋐	中國文學

滄海叢刊已刊行書目(二)

書名	作者	類別
世界局勢與中國文化	錢穆	社會
國家論	薩孟武譯	社會
紅樓夢與中國舊家庭	薩孟武	社會
財經文存	王作榮	經濟
財經時論	楊道淮	經濟
中國歷代政治得失	錢穆	政治
憲法論集	林紀東	法律
黃帝	錢穆	歷史
歷史與人物	吳相湘	歷史
歷史與文化論叢	錢穆	歷史
中國歷史精神	錢穆	史學
中國文字學	潘重規	語言
中國聲韻學	潘重規 陳紹棠	語言
文學與音律	謝雲飛	語言
還鄉夢的幻滅	賴景瑚	文學
葫蘆・再見	鄭明娳	文學
大地之歌	大地詩社	文學
青春	葉蟬貞	文學
比較文學的墾拓在臺灣	古添洪 陳慧樺	文學
從比較神話到文學	古添洪 陳慧樺	文學
牧場的情思	張媛媛	文學
萍踪憶語	賴景瑚	文學
讀書與生活	琦君	文學
中西文學關係研究	王潤華	文學
文開隨筆	糜文開	文學
知識之劍	陳鼎環	文學
野草詞	韋瀚章	文學
現代散文欣賞	鄭明娳	文學
藍天白雲集	梁容若	文學

滄海叢刊已刊行書目(一)

書名	作者	類別
中國學術思想史論叢(一)(二)(三)(四)(五)(六)(七)(八)	錢穆	國學
兩漢經學今古文平議	錢穆	國學
中西兩百位哲學家	鄔昆如 黎建球	哲學
比較哲學與文化	吳森	哲學
比較哲學與文化(二)	吳森	哲學
文化哲學講錄(一)	鄔昆如	哲學
哲學淺論	張康譯	哲學
哲學十大問題	鄔昆如	哲學
孔學漫談	余家菊	中國哲學
中庸誠的哲學	吳怡	中國哲學
哲學演講錄	吳怡	中國哲學
墨家的哲學方法	鐘友聯	中國哲學
韓非子哲學	王邦雄	中國哲學
墨家哲學	蔡仁厚	中國哲學
希臘哲學趣談	鄔昆如	西洋哲學
中世哲學趣談	鄔昆如	西洋哲學
近代哲學趣談	鄔昆如	西洋哲學
現代哲學趣談	鄔昆如	西洋哲學
佛學研究	周中一	佛學
佛學論著	周中一	佛學
禪話	周中一	佛學
公案禪語	吳怡	佛學
不疑不懼	王洪鈞	教育
文化與教育	錢穆	教育
教育叢談	上官業佑	教育
印度文化十八篇	糜文開	社會
清代科學	劉兆璸	社會